الرهينة

زيد مطيع دماج

人质

〔也门〕宰德·穆提厄·代马季 著
齐明敏 丁淑红 译

华文出版社
SINO-CULTURE PRESS

第一章 / 001

第二章 / 021

第三章 / 065

第一章

城里头真漂亮！我第一次看见城里的模样，还是从村里被抓出来，关进"卡希拉"城堡，成了国王①人质②后的事儿。

那些身穿蓝衣蓝裤的国王御前侍卫们硬是把我从我妈怀里拽了出来，家里人怎么拦也拦不住。更过分的是，他们还牵走了我爸的马，说是奉国王的命令。

这一天，是个大晴天，快秋收了，天气并不冷。我和人称"美男子杜维达尔③"的同事站在副王④府高高的屋顶上。我当时生怕下大雨，看不清城里的模样，看不清山上零零落落的村子。我不知为何，挺喜欢和他做朋友，也许是因为年纪差不多，或者是因为干的行当一样。

那会儿我刚到副王府不久，一块儿做人质的小伙伴们送我走时那鄙视的眼神还历历在目。以前我就知道，被带到王宫或其他王府去的人质，有些是做"杜维达尔"的，我还听说，其中有的逃跑了，可有

---

① 国王，也门革命前，国家统治者称"伊玛目"（阿拉伯语译音），也译成"国王"。
② 人质，也门革命前，国王为了防止各部落及反对派造反，强行将各部落长老、首领以及反对派子嗣押作人质。
③ 杜维达尔，因为聪明伶俐而被选进王宫或达官贵人官府主要服侍女眷的侍童。
④ 副王，副国王。

的没跑成，就被戴上铁镣，在城堡里关一辈子。无论别人怎么解释，我始终没明白"杜维达尔"是干什么的，也许是年纪太小了。

"杜维达尔必须是未成年的男孩儿。"我们的教书先生是这么说的。他和我们一起被关在卡希拉城堡——关押人质的集中营里，负责教我们《古兰经》、功课①。

"杜维达尔现在干的是塔瓦希的活儿。"看我们没明白，先生接着说："塔瓦希就是阉奴。"

我们更是摸不着头脑，"阉奴就是睾丸被割掉的奴仆。"我们越发糊涂，听起来这事儿挺残忍，让人不好受。

先生接着解释："这是为了防止他们干那种下流的事儿，比如和官府里的女人上床，等等。换句话说，就是让他不再是个男人，或者说，让他成为废人。"

我们还是不甚了了。"说得够清楚了，还不懂？"

"不——懂——，先——生——。"

先生气得一下子站了起来，他觉得我们如此异口同声地回答，简直厚颜无耻，而我们却还赠他一通熟悉的老调："求——安——拉——宽——恕——先——生，宽——恕——先——生——的——双——亲——和——我——们——的——双——亲……"

按先生的说法，有些做过"杜维达尔"的、成年后或为卡希拉城堡的人质，他们讲了许多稀奇古怪的事儿。我发现大部分回来的人质，都变了很多，尽管个个细皮嫩肉的，可脸色蜡黄，甚至带点儿和年龄不相称的憔悴。我还发现，城堡的卫兵特别爱看这群细皮嫩肉、尖声细气，穿着干干净净的拖地长袍、戴着刺绣帽子的人。那些帽子是王宫、官府的女人们给他们织的，遮住他们那一头梳得溜光、抹着香喷喷头油的鬈发。

---

① 功课，伊斯兰教称宗教义务为"功课"。

卫兵们特别爱闻那香味儿,就连我们的教书先生也同样对他们格外和气,弄得我们有些人公开对这种一碗水端不平的做法表示不满,气得先生直骂:"臭小子们!给我闭嘴!整个一帮野小子!求安拉保佑,别让我再看见你们这副德行!"

"……求——安——拉——宽——恕——先——生,宽——恕——先——生——的——双——亲——和——我——们——的——双——亲;求——安——拉——慈——悯!"

一下课,小人质们就纷纷爬上能看见城里的高墙头,甩着双腿,极目远望,找寻山那边自家的村子。

先生手里总握着棍子,可从来不敢对任何人动粗。有一次因为他打了一个人质,自己的胳膊也断了,胡子也被拔光了,所以再也没敢干第二回。

我到了副王府后,我的"杜维达尔"朋友那高兴劲儿,让我感到很意外。他带着我转遍了整个副王府的正房和厢房,碰上了好多女人,有老有少,有美有丑,有胖有瘦,穿的有好有坏。每回他给我介绍对方时,我都直往他身后躲:"这位是副王的姑妈。"

"……"

"这位是副王的千金。"

"……"

"这位是副王的妹妹,离过婚的。"

"……"

"这位是副王的二太太。"

"……"

"这位是大太太。"

"……"

"这是新来的丫头，挺漂亮的，是不是？"

"……"

"这是老妈子。"

"……"

"这是挤奶的。"

"……"

"这是保姆，带孩子的。"

我一声儿没吭。她们又是拍我肩膀，又是拧我脸蛋儿，又是揉我的嘴唇儿，吓得我使劲躲闪。

我讨厌她们这么戏弄我，可我朋友一个劲儿大笑，拉着我从铺着四方石材的台阶直奔下面的土耳其浴室。这里通道、屋顶也都砌着黑色方石，上面还抹着白灰。透光用的大理石窗口热气腾腾，我犹豫着站住脚。我朋友说："没事儿，今儿不是女人洗澡的日子。"

"管他谁洗澡呢，这地方我再也不来了。"

"你知道这府里只有咱俩可以随便进出这个地方吗？"

我浑身起鸡皮疙瘩，说："反正我再也不来了。"

他拽着我出来，边往旧马厩走，边说："早晚你得来。"

他边走边给我讲在这间浴室里他和老少女人们，尤其是老处女们的往事，讲他如何伺候她们，她们如何乐不自禁。

马厩很大，那味道让我想起了山上我们家的底层①，全是牲口粪和秋秸草料混杂在一起的气味，记起了那群在肥料堆上刨食的母鸡，一见我们回来就受惊般"咯咯"地乱叫。我爸还特别喜欢往牛脖子上挂铜铃铛！无论在我们家底层，还是在牧场，还是在井旁，只要那铃铛一响，总是让我心情舒畅。山区的骆驼、毛驴也会挂上铜铃铛，用来

---

① 阿拉伯人的住房通常底层是三面通透无墙的，可纳凉、休憩，亦可用作饲养牲畜、储物。

提醒路上和胡同里的人们,尤其是提醒孩子们注意躲避。

在副王府宽敞的马厩里,我只看见两头骡子,奶牛圈在副王府后门儿附近。看我有几分不解,我朋友主动解释说:"马都被国王和王储赛义夫·伊斯兰亲王牵到他们王宫去了,只剩几头骡子和毛驴了。"

"我怎么一头驴也没见着啊?"

"你,我,等等,不是吗?!"

他这种"玩笑话"我听了很不舒服。站在马厩门口,正好面对副王府大院,我才发现副王府里有好几个偏房,有新有旧。朋友说:

"那边的旧砖房是副王妹妹的宅子。她离婚了,又娇气,又漂亮。"

"这么大的房子就她一个人住吗?"

"因为她是副王同父异母的妹妹,她妈给她留了一大笔遗产,比她哥哥的财产还多。"

我没再多问,因为我还想看看别处。朋友接着说:"她叫哈芙萨,莎丽法①·哈芙萨。"

我听着,没说什么。他顿了一下,长长吁了一口气,接着说:"她硬是熬着,一直熬到堂兄和她离了婚","闹得满城风雨,最后还是王储出面帮她解了围。"

我没搭腔,尽管也想打听她离婚的原因,朋友却主动解释说:"她和堂兄结婚纯粹是为了副王。"

我耸了耸肩,表示不解。他接着说道:"因为副王要娶她堂兄的妹妹。"

"为了不让家财外流,才完了婚,这样家族遗产就平均了。"听到这么个谜底,我笑了。

我又耸耸肩,以询问的微笑听他说着,"但她从新婚之夜起就拒

---

① "莎丽法"是女性先知族人的尊号。

绝同房，她丈夫常常是整夜整夜嚼卡特①，一直到天亮。"

我打破沉默，紧忙问道："就为这个离婚了？"

朋友见我来了兴致，微笑着说："不光为了这个，还有好多更重要的原因呢。比如，他始终没办法让她就范，另外，他自身本来就不行，而且岁数也大了，老婆好几个，孩子也数不清。"

我并没觉出这有什么奇怪的，所以没再问什么。我们朝那栋房子走去，朋友的话引起了我的注意："她年纪不大，排行最小。她爸最疼她，娇惯她，因为她妈是最小的老婆，又漂亮，又有钱。"

那天朋友带我转了这个奇异世界的大部分地方，可我并没觉得累。朋友那天特高兴，老拽着我，好几回听见别人叫他，他都不回应，或者说，理都不理！

我朋友的小屋在一处宽大的楼梯拐角，他拽我进去说："这就是咱们的屋子。"

"咱们的屋子？"

"对啊，咱们的屋子。"

我走到屋里唯一的小窗口边上，盘腿坐下来歇着。朋友不知为什么突然出了屋。我四周打量了一番这间小屋，屋里只有一张小床垫，里边絮的草从一个个破洞里钻了出来，一床黑不溜秋的粗毛毯卷在枕头上，绣花布的枕套好久没洗过，脏得很。床垫边上有个涂着劣质颜料的木箱，放点儿衣服杂物，可以挡着主人，省得睡着后滚到地上，另外，也方便随时开箱。

我的目光落在墙上一幅幅图片上，弄不明白他是用什么东西把这些图片粘在墙上的，我怀疑他是用唾沫粘的。都是些金发碧眼的美女玉照，我从没见过这么漂亮的姑娘。他有一次对我说，他是从国外寄给副王的报纸杂志上剪下这些图片的。也有一些图片上是穿着怪异的

---

① 卡特，特产于也门的一种植物。也门人有嚼卡特叶子的休闲消遣嗜好。

人。他就像一位无所不知的先生一样给我介绍："这是希特勒,这是墨索里尼、意大利皇帝,这位严肃的谢赫是穆赫塔尔,欧麦尔·穆赫塔尔①。"说话间,朋友一副得意的样子,因为他知道许多我没听说过的事儿,尤其是当他给我讲那些从副王收音机里听来的国际局势时,更是神气十足。他是唯一负责使用那台收音机的人,他知道所有的播出时间、频道、符号和标识,每次都有一大群副王府内外的人围在那儿收听节目。说起这些,他总是寻开心似的笑着对我说:"大笨钟一会儿就要报告格林尼治时间:下午四点钟了。"

"现在是柏林电台的优努斯·拜赫里评论时间。"我也报以微笑,因为我从没听说过这种新鲜事儿。

朋友给我扛来一个床垫儿、一条毯子,进屋先问我想睡在哪个角落,我调侃说:"客随主便嘛!"

朋友边笑边把铺盖扔到他铺位对面,然后坐在我身边,又拉开话匣子:"你肯定没见过留声机吧?"

这个新鲜词儿又让我抿紧了嘴唇,"留声机就是比收音机大一点儿的一种仪器,能放好听的歌儿,像盖阿塔比、昂太利、艾勒玛斯、阿里·艾布·伯克利谢赫的歌曲。"

说实在的,他跟我提的这些人名儿,也许我听说过,但我压根儿没听过他们的歌儿。他还跟我提过另外一些人名儿,我后来才知道那都是些其他阿拉伯国家的歌手。我不明白他为什么那么起劲地把我拽到副王府一处格外干净、格外整洁的房间,让我坐在波斯地毯上,点燃一盏闪着一圈火焰的煤气灯。我见过这种灯,我家原来也有一盏,是我爷爷跟随土耳其将军赛义德帕夏攻打拉赫季②时带回来的。那时

---

① 欧麦尔·穆赫塔尔,利比亚反意大利占领的民族英雄。
② 拉赫季,也门南部省份。"拉赫季战役"是奥斯曼土耳其领导的一次反对英军占领的战役。

我们只有斋月期间才点它，后来国王侍卫和骑兵到我们家抄家时，连那盏灯也抄走了。

朋友摇起留声机，放了一张又一张唱片……等我听烦了、直打哈欠，这才起身往回走。路上，我小心翼翼地问他："咱们不是还要一起住好长时间吗？我真担心以后咱俩找不出什么话题聊天了。"朋友笑了。

这时，整座城市，整座副王府，包括我们的小屋已是一片漆黑，只剩朋友手上那盏小罩子灯有一点点儿光亮。罩子灯长年被扔在小屋的角落里，已是锈迹斑斑，尽是灰尘和小飞虫的尸体，所以有它没它几乎没什么两样。

把我安顿妥当，朋友也躺下了。尽管疲惫不堪，可我就是睡不着，两眼一直盯着那扇小窗户，只有那儿透进一丝光亮。这时，我听见楼梯上有轻轻的脚步声，小心翼翼地走到没关严的门口，停住了。一阵寂静过后，我听见一阵轻声呼唤："宝贝儿，宝贝儿，可人儿，喂……"

我大气不敢出，用被子紧紧捂住脑袋。我听出他爬起来了，那声音也进了屋了。我觉出他先是局促不安，稍后又故作镇静地小声问："谁？……萨赫拉，你要干吗？"

来人没有回答，但我觉出她走近他，坐在他身边。听我朋友又说："你没看见我今晚有客人吗？"

"我知道，你干吗让他和你住啊？副王府里有的是屋子，数都数不清。"

他没吭气。我觉出她和他靠得更近了，并且开始喘粗气，而他好像是以我在场为由躲闪着什么，可没管用，接着，两人的粗气喘作一团……这是我这辈子最紧张的一个夜晚！粗气停了，紧接着她"叭"地亲了他一下，吓了他一跳，生怕我醒了。待她溜出了门，他走到我跟前看了看，就躺下睡了，然后鼾声大作，盖过了城里的鸡鸣犬吠，我却更睡不着了。

凌晨,伴着卫兵们的例行的晨歌到来:

> 主啊,愿您满意!主啊,愿您满意!
> 主啊,请您赐予我们您的满意!
> 请求安拉保佑!主是成功之主!

我爬起来,一夜失眠弄得我像挨了毒打、浑身散了架似的。我打开小窗,发现城里天上笼罩着一团黄云①。

我朋友比我起得还早,已经把床收拾好了。这时,他端着一壶咖啡和一盘早点进来,微笑着向我道早安:"睡好了吗?"

我点点头,穿好衣服,跟着他走到副王府大门口的警卫兵营,我发觉这个地方更适合我除却那份恐怖。

警卫里有正规兵,也有扛着长枪的民兵,正规兵的衣食住行等各个方面都显得更有秩序。正规兵的兵营就在副王府大门右边,顶上盖了一个岗楼,可是让号手给牢牢占住,据说副王命令他腾出来他都不干。民兵的兵营在大门外左边,正对着大广场,旁边有一棵巨大的"陶拉克"树,树下掩映着白色小圆顶的公共饮水处和石头亭子,副王每天带着卫兵、秘书、侍从和仆人就在这里处理老百姓的状子。

让朋友觉得意外的是,不管正规兵还是民兵对我都非常客气,他们好像都是从我老家那儿来的,知道我们家,知道我是谁的儿子。我往"靠石"上一靠,发现这时副王府大院儿和配院儿纷纷有了动静,有些配院儿原来是副王祖父和父亲一辈儿的亲戚的宅院。

副王府和配院四周围着高大的围墙,从外面只能看见那些大树的树梢。窗子一扇一扇地打开,有的发出刺耳的声音。一个个女人从窗

---

① 黄云,因地势关系,自古也门疾病成灾,此处"黄云"暗指疫病。

里探出头来,有的散着一头鬈发,有的包着头……一群形形色色、千奇百怪的女人!

士兵们一见我朋友就齐声唱起老调子:

> 杜维达尔呀!
> 你娘失去你,
> 天天泪如雨!

我别提多羡慕他的机灵劲儿了……他只是笑!他还特别聪明,话虽不多,可反应快,一张嘴就是笑话。副王府里、配院里所有男人、女人、孩子,加上门口的警卫,正规的还是杂牌的、吹号的,总之,所有人的心思他都能摸透。

他整天像个蜜蜂似的从副王府飞到配院,再飞回来,带着他那熟悉的微笑稍歇一会儿,接着,又马不停蹄地继续爬上爬下,飞来飞去。

一群警卫围着我坐着,打量我,另外一些则在那里咧着厚嘴唇儿粗鄙地笑。

"副王最喜欢的司机凯马尔的儿子真够可怜的,说是死因不详,我看他是为她殉情了,不管别人信不信,我就这么看。"

"她怎么这么狠?!"

"不是你想的什么狠不狠的问题,是因为阻力太大,也许还有什么别的原因,以后我再给你解释。"

我没再问下去,因为我们已经到了那扇门口,我朋友一下子就推开了门,拉着我的手就上台阶。我直躲,心里慌乱得不行。

我仿佛觉得在这长长的楼梯的每个拐角处都可能看见莎丽法·哈芙萨,可是我发现整座楼里到处都是女人,也许是莎丽法·哈芙萨的侍女,也许是干粗活儿的下人。朋友每碰见一个就要打招呼,把我这个新杜维达尔介绍一番,就像在副王府大院时一样!

楼顶有一间俯瞰大院的望楼①,朋友有礼貌地轻轻敲了敲,不等里边回答,就打开门,把我拽了进去。屋里铺着我从没见过的华贵地毯,窗帘已经拉开,四周墙上石膏多宝架上摆满了银的、铜的小摆设。莎丽法正趴在屋子另一头的窗台上,一头鬈发在橘红色的头巾下面起伏,透明的绸衫影影绰绰显露出白皙的胴体。她一只手向前伸着,搭在窗台上,另一只手支着下巴,正对着院子出神。我仔细端详了她的手,手腕上戴着金镯子,染着红指甲油,手指头上画着弯弯曲曲的花纹,看上去就像掺了红蜡的雪白奶酪。

莎丽法像只慵懒的母豹一般缓缓转过身来,抻抻绸衫,遮住双腿。我躲在朋友身后,躲在这位要让我陷入不必要的难堪的朋友身后,瞥见莎丽法那双画着眼影的勾魂摄魄的大眼睛正向我发出探询的目光,但她马上又转向朋友,和他聊了起来,好像根本没我这个人!我规规矩矩地站在朋友身后,没动地方,甚至没敢暗示一下朋友赶快离开这令人恐怖的屋子。过了一会儿,我听见她懒洋洋的声音在问:

"这是谁?"

"新来的杜维达尔,主子。"

"从哪儿弄来的?"

"城堡里。"

"哦,人质?"

"嗯。"

一阵沉默。我拼命低着头,随时盼着朋友什么时候想走,立即离开这儿。

没想到她却直起身走过来,像一支五彩香烛,足以熔化一切强烈的欲望。她用手摸了摸我的头,问:"你叫什么?"

---

① 望楼,也门住宅建筑多有望楼,四面皆窗,是一套住宅中最好的部分。

我一个字也说不出来，还是朋友替我解了围。她一直看着我，可我吓得半死，根本不敢和她对视，她只好作罢。离开了莎丽法的房间，仿佛一座大山从我胸口移开。

那天我又是一夜没睡着，翻过来掉过去地折腾，一次又一次地摆弄枕头，可一点儿用也没有。我站起来走到窗前，应该说是窗洞前，盯着天上的星星，微弱的星光伴着不时传来的远远的狗叫声。可这一切都不管用。她的身影始终在我眼前浮现，那略微沙哑的懒洋洋的嗓音始终在我耳边回荡，她仿佛在问我，干什么的？谁家的孩子？叫什么？从哪儿来的？

"其实不一定非得用城堡里的人质。"号手吃完集体早餐，用手摩挲着双腿冒了一句，"为什么挑上你了？"

"我怎么知道？"

"你没拒绝？"

"为什么要拒绝？"

"因为你要做杜维达尔呀！"

我心里说，我正好想要逃出城堡进城。号手站起来，斜瞥了我一眼，然后说："你好像还不明白你的新活计是怎么回事吧？"

"怎么回事？"

"很快你就知道啦！"

一个仆人跑过来找我，在警卫们的一片笑声和他们唱的老调儿声中把我拉走了。我跟在他后面，一上台阶他就说："副王主子要见你。"

我没特别在意，尽管知道会有点儿什么事。爬了几层楼，我们来到副王豪华的望楼。宽大的窗户，五彩的吊灯。副王挺着一副"将军肚"，凸着两只金鱼眼，还噘着两片厚嘴唇，厚得活像长了肿瘤。朋友正轻轻地给他按摩那两条小短腿，看上去朋友的指法还挺专业的。

副王对着长长的吸管嘬上一口，那上好的水烟壶就咕噜咕噜响上几声，然后一团烟云从他嘴里冒出来。面前还摆放着陶质咖啡壶，和一只喝咖啡用的白瓷杯。

副王问了问我的名字，我爸的名字，我家在哪儿。朋友谦恭有礼、不慌不忙地一一替我作答，没让我为难。我就一直那么站着，朋友也一直按摩不停。

后来他们俩说了些什么我都没往脑子里去，我光顾着傻看满屋子的奇珍异宝了，什么包金的长剑，满墙满架花里胡哨的铭文书法。

我猛然听到副王在问："你多大啦？"

"不知道。"

"没人给你把生日记在《古兰经》上？或别的什么书上？"

"我们那儿的先生们只给他们自己的孩子记这个。"

"不给你们记？"

"只给我们记播种庄稼的节气。"

我不知道副王是否满意我的回答，也许他不高兴了。反正他再也没坐踏实，后来干脆站了起来。朋友也跟着站起来，挽着我走下楼梯。快到院子的时候，我问他："副王到底想让我干吗？"

"副王想让你开始干你的活计。"他看了我一眼，嘴角露出一丝微笑，接着说，"让你到……到莎丽法·哈芙萨那儿去干活儿。"

我使劲克制自己才没显露出我的惊慌失色，然后问他："为什么到她那儿？"

"是莎丽法·哈芙萨要你，所以副王就下了命令。"

"可副王没直说呀？"

"他对我说了，这就够了。"

"为什么？"

"你就当是命令，照办就是了。"

"可……"

"兄弟，你还不知道我在副王府的地位。"

"也许吧，我是不清楚。"

"你不能光看咱们那小屋，那铺盖。"

"愿安拉宽恕你，你多疑了！"

"你就当我是副王府男人里的二当家就是了。"

"二当家？"

"要不你就当我是第一娈童。"

我埋头不语。我朋友摇摇我的肩膀，问："怎么了，干吗不说话？"

"我在琢磨为什么挑上我？"

"别人还巴不得呢！"

"那总得有个说法吧。"

"她就这脾气。"

"这叫什么脾气？她只不过看过我一眼！"

"也许她觉得你可爱。"

"可你比我更可爱呀！"

"看我看腻了，想换个新面孔呗。"

"就为这？"

"嗯……也许还想让大家分担点我的负担吧。"

"警卫和号手也有这意思？"

他一把拽住我，生气地呵道："你什么意思？"

"他们老问你的事儿，问美男子杜维达尔的事儿。"

他松开手，低着头不说话。过了一会儿，他又微笑着问我："他们说什么了？"

"没什么，只说他们不喜欢我。"

"其实他们关我什么事？！这些人不过是一群老处男，和副王府里、偏房里的老处女们一样！"

"真的？"

"你还没看出来吗？瞧他们那副样子，那德行，那谈吐，那做派。"

朋友拉着我往莎丽法·哈芙萨的房子走。我说："我不想现在就去。"

"怎么了？"

"她又没叫我去。而且我还想问问你，我到底干些什么呢。"

"杜维达尔。"

"我不明白。"

"杜维达尔，这还不够明白？"

"就是……仆人？"

"比仆人高一点儿。"

"不明白。"

"以后你就明白啦。"

"他也是这么说的……号手。"

"你别理他，他也是个老处男。"

停了一小会儿，我又问："他们为什么叫你……美男子？"

他笑了，说："长得漂亮呗。"

"你别开玩笑，我是认真的。"

"以后你就知道了。"

"号手也这么说。"

"那你问他不就得了。"

我发觉他生气了，就没再吭声。过了一会儿，他似笑非笑地问我："你不想让我送你去莎丽法·哈芙萨那儿？"

"干吗这么着急？这么迫不及待？"

"我好赶紧脱身呀！"

"这么说，她成了你的包袱？"

"没错，就是个包袱。"

我一时语塞，然后讨好地问他："那我还能和你住一屋吗？"

"不知道，这得听她的。"

"可我想知道，这事儿对我很重要。"

"她说了才算。她那儿比我屋里可好多了，又漂亮、又安静。"

"要是你跟她说说，求她还让咱俩一块儿住呢？"

"干吗这么死乞白赖的？！"

"我愿意！鱼找鱼、虾找虾嘛，除非这会妨碍你。"

"那咱明天问问号手！"

我觉察出来了，他真的被我的话刺伤了，"看样子你特在意我刚才说号手的事儿？"

"不是，哪儿能啊！"

"那你干吗老提这事儿？"

"话赶话呗，还不是你先开的头？"

我枕着双手，仰面躺在朋友屋里，心里乱成一团。我没想到事情会这样，我以前甚至从未想起过莎丽法·哈芙萨。

我生平头一回发现，火柴点着了以后，能给漆黑的屋里带来一点儿光亮。是朋友在点一根劣质的香烟。我翻身坐起来，爬到小窗口前，指望能看见远处高山上有什么东西也被照亮。可外面黑压压一片，只有点点星光闪烁。

"你想来一口吗？"朋友打破沉寂说。

我没明白他的意思。他又说："抽烟能减轻失眠。"

我在城堡的时候就知道抽烟是教法不允许的。尽管如此，我也曾和我的人质同伴们偷偷抽过几口，当然是绝对秘密的、在先生和警卫绝对想不到的地方干的，比如谁都讨厌的石头厕所，等等。我当时抽完以后觉得头特晕，甚至会不省人事。今晚没关系，就是要晕晕乎乎、不知人事才好，我才能忘了白天的事儿。我接过朋友手里剩下的那半截烟，直抽到险些烧到手指头。

我昏昏沉沉地睡了过去，直到清晨醒来，模糊记得朋友没在屋里。这回不是萨赫拉，是另外两个女人把他拉走了，在台阶上亲他，揉搓他其他的部位……他回来的时候使劲儿撞上了门，倒头就睡，睡得从来没有过的那么死。我敢说，那根烟和我在城堡里抽的绝对不一样，是另外一种！

在城里想早点儿起床真是太困难了！和当时城堡里的我正相反。那时候我多年轻，多有朝气！城里人一觉醒来就像挨了一顿臭骂似的，肿着脸，睡眼惺忪，活像一面破鼓，或者说皱巴巴的枯树墩儿，一起床就恶心、郁闷，很少有胃口吃早点或是喝咖啡，只想喝冷水，仅有的冷水只能在兵营的熏蒸仪①里才能找到。

我朋友和往常一样起得很早，尽管他咳嗽了一整夜，而且最近以来脸色越来越苍白，身体越来越瘦弱，看上去快不行了。

我像往常一样，悄悄走到大门口的兵营，在远一点儿的一个角落里，听着当兵的说粗话，唱讽刺小调，听着听着就迷糊过去了。我朋友来了，没注意到我。当兵的异常和气地迎接了他。我是这么感觉的，可他们还是没忘了唱那个耳熟能详的小调。

朋友真的对号手动怒了，警卫们不得不把他们俩劝开。

我对朋友微笑了一下，可他根本没理会我的微笑，只是拽着我往莎丽法·哈芙萨的房子走。

"这么着急干吗？"

"我得交差呀。"

"然后呢？"

"你干你的，我干我的呗。"

---

① 熏蒸仪，用来散发香气、净化空气的蒸气仪。

"你是不是烦我了?"

"不是。"

"我想听实话。"

"……我说的是实话,怎么啦?你不信?"

"那你干吗这么心急火燎的?"

"我得向她交差呀!"

"你想摆脱我?好啊!你这是把我往屠宰场送!"

"……你别冤枉我,也别冤枉她,在她那儿好处多着呢。"

我照旧跟在朋友后边上台阶,可这回的心情迥然不同。我感到无比恐惧,觉得自己就像只稀有的小鸟,就要被关在金雀笼里一辈子!

朋友像往常一样打开门,莎丽法也像往常的这个时候一样,正趴在窗前往院子里望着。她带着威严的目光转身看了我们一眼,直起身朝我们走来。她对我朋友微笑了一下,根本没理我。她抓起他的手,我的目光也随着她进了小屋,可身子仍原封不动地站在那儿,眼睛漫无目的地瞎看。虽只过了几分钟,可我感觉就像过了一个世纪,周身涌起一股强烈的电流,这种感觉我还是在被送出城堡到城里来的那一刻曾经有过。

她回来了,从我面前走过,看也没看我一眼,径直走到她最喜欢待的地方——窗根儿,靠在那儿问我:"你叫什么?"

"昨天你不是已经知道了?"

她气得瞪了我一眼,说:"多大了?"

"不知道。"

"你爸没把你的生日写在什么书上或者《古兰经》上?"

"没有。"

"怪事!"

我没想告诉她,我们那儿都是教书先生和一些名流给老百姓记些大日子，记在《古兰经》传本上。我们家是务农的，只关心记录节气时令之类的事儿。我发现副王府和所有偏房里的这些大人物对年龄和生日特别关心，这使我想起城堡里的先生说过的有关塔瓦希、杜维达尔的话，比如"成年"！

待了会儿，她直起那夺目的身段，我赶紧垂下眼皮，仍是没动地方。她亲昵地叫我："跟我来。"

我木头人儿般的跟在她后边，只听她说："我带你认认这栋房子。"

"我认过了。"

"谁带你认的？"

"我朋友。"

"害肺痨的杜维达尔？"

"美男子杜维达尔。"

"可是我想让你了解、明白、听从、遵守的，他不会全都知道。"

我没说话，她粗暴地称我朋友是害痨病的，让我很不痛快。

她头一次专注地看着我，说："你朋友怎么会知道我想让你干吗呢？"

我还是没说什么。她挽住我的胳膊，头一次挽住我的胳膊，顿时，一股电流击中我的手臂！她拉着我从底层第一个台阶往上走，走到顶楼，再到平台上的厨房和储物间。我的手一直被她攥着，几乎被她攥麻了，而她戴着一圈圈金手镯、染着图案的手一直没有松开，弄得我脑门儿上全是汗珠。我们转遍了整座房子的每一个角落，她一副喜形于色的样子，在楼房望台、楼梯上或我们转到的任何一个地方见到那些老处女或者男女仆人的时候，也毫不掩饰她的喜悦！

第二章

日子一天天过去了,虽然我在莎丽法·哈芙萨那儿听差,可还是觉得挺郁闷、无聊。

早上,我还可以和朋友"美男子杜维达尔"——大家都喜欢这么叫他——在副王府大院里或是大门口跟警卫和号手乐呵一会儿,听他们唱那首熟悉的老调。然后,我们各忙各的,晚上才睡在一块儿,相互诉诉苦。这期间,我们总能在走廊、楼梯、厅堂、大院、配院碰着,或在后厨里跟副王的家人、侍从、仆人在一起。我们最常见面的地方是副王的房间,副王总是一清早就斜卧在那儿。干完一天的活儿,我们又一块儿回小屋睡觉。

我烦透了这种日子。有一回,我想劝朋友跟我一块儿去广场,再到城里逛逛市场、遛遛街,便央求他:"我想今儿进城逛逛,哪怕一小时也好。"

"为什么?"

"就一天,或者一小时,你能陪我去吗?没什么原因,只想出去透透气。"

"哪儿不能透气呀?"

"我们一块儿出去走走,呼吸点儿新鲜空气,看看外面的人,没准儿还能见到我们那地方的什么人在市场上卖葱啊、蒜啊、土豆什么的,可以顺便打听一下我们家人怎么样了。"

"你那逃走的父亲在亚丁通过报纸一个劲儿煽动老百姓向国王造反。你家的情况可糟透了。"

我惊呆了,没想到我爸竟有这么大的能耐。

"你叔叔和家里其他人都被抓起来了。"

我低下了头,还以为只有我一个人被抓起来当人质呢。

朋友接着说:"你家里只剩下妇女和吃奶的小孩了,而且还有骑兵和御前侍卫看守着。"

我盯着他看了好一会儿。他不像是在瞎编,也许他是从副王的哪个亲信或是副王本人那儿听来的。他肯定还听说了好多我不知道也没料到的事。

"我是不放心家里人。"我低声说。

他觉得有点儿不好意思,后悔刚才说的话,低着头,闷了一会儿,然后问我:"你在这儿不开心?"

"有点儿。"

"你还想怎样呢?"

"我想呼吸点儿新鲜空气,起码觉得自己是自由的。"

"你是国王的人质呀。"

"可我不是奴隶!"

"你是杜维达尔!"

我生气地看了他一眼,"可我不是'美男子杜维达尔'。"

我们有几天没说话了。他没准是从他的角度说那番话的,以为我在莎丽法·哈芙萨那儿干活儿,只要乐意,完全可以讨得她的欢心,自然地位会比他高,权力比他大了。

不知怎的，我们很快和好了。有一天，他拉着我的手走出大门，来到大门外的广场。广场中间有一棵巨大的"陶拉克"树，执法的、检查的和求副王办事儿的人在树荫下乘凉；树旁有一个石灰平台，平台后面有几间邻过道的房子。过道的尽头是一个木头亭子，亭子的顶子和柱子已年久失修。人们把这个亭子叫作"衙门儿"，副王在这儿与他的秘书、懂伊斯兰法和世俗法的法官、财税人员及其他工作人员处理老百姓的状子。广场紧挨着一条从山上流下来的护城河，河里漂着黄纸和破布片，这些破布片都是山上村姑农妇的衣服碎片。

我和朋友来到市中心，空气中弥漫着一股瘟疫的气息，并夹杂着住户们厨房的油烟味。人们一个个脸色惨白、面容憔悴，泛着蜡黄；肚子充了气似的，不是吃得太饱，而是害了病；光着双脚，脏兮兮的，还带着伤。每条街巷、每个路口都能碰到乞丐、病人和疯子。

从卡希拉城堡——关押人质的集中营的墙头向下看，早晨的城市真是太美了！那时我们坐在城墙上，耷拉着双腿，眺望城里清真寺的宣礼塔、白色的圆顶屋及鳞次栉比的房屋，还有更远处的高地、平原和绵延起伏的山峦。

现在置身其中，才算看清了它的真实面目——一个瘟疫流行，到处都是病人、疯子、残疾人和喊冤人的地方，真是一座悲惨的城市！每天都有棺材从城门运出，伴着孩子们和他们的教书先生祈求安拉恩惠、宽恕的送葬声！

我没碰见我们那儿的人，那天不是每周赶大集的日子。回到副王府，进了大门儿，我长长地吁了一口气，决心再也不出去了，就是赶大集的日子也不进城了。

当初从山上看，城里多美啊！而今天一看，原来如此丑陋，简直是一座活人的坟墓。我倒希望它是座无声的坟墓！

明天是斋月的第一天，我是从上至副王下到警卫、随从、仆人，以及朋友忙碌而又紧张的神情中觉察到的。我们的房间放满了许多白花花的东西，像是银制的，朋友告诉我那是汽灯。他先是擦净，然后注入煤气、酒精和别的什么东西，反正他是这样告诉我的，再点着灯捻儿，那彩色的丝质灯捻儿像空中的彩虹，燃烧后放出奶白色的光，太叫我吃惊了。朋友笑我少见多怪，一副得意的神情。

我想起了家乡的斋月之夜。我的家乡掩映在崇山峻岭之间，周边散落着几十个村落，还有连绵不断的梯田、牧场，这里有我的家人和可爱的小伙伴们。我们从清真寺再到村公所，彻夜不眠，就着昏暗的油灯聊天，倾听、吟唱和背诵《古兰经》的部分章节。要想读点儿什么，只能读些记有生死日期和红白喜事等无聊内容的小册子。

在关押人质的城堡里，斋月对于警卫、警卫长和教书先生来说也是枯燥无味的，对管人质的头儿来讲更是如此。开斋炮响后我们吃开斋饭，然后睡会儿觉，早晨趁警卫、警卫长和教书先生还没醒的时候，到城堡的院子、路口和走廊里去玩。我们最爱干的事儿是从压弯了的无花果树枝上摘无花果吃，采摘时要特别小心，以免失足掉到可怕的深谷里去。

副王府里和配院的斋月气氛和我家乡，还有关押人质的城堡大不相同。这里每间房屋都点着汽灯，把各处照得灯火通明。

副王议事厅经常聚满了彻夜畅谈的人，谈论诗歌、文学和政治，还有酒席，不过多半不会喝得酩酊大醉。

副王府里、偏房里的女人和女宾们晚上也会招来一些聊天的朋友。女宾中有邻居，还有社会地位显赫的贵妇人。有天晚上，王宫和王储府里的夫人们突然来了，一个个香气袭人，盖过了水烟、煤烟的气味。

警卫，包括那个爱热闹的号手，在大门口也有一个固定的聊天地点，是专为这个吉祥的月份准备的。他们在这里没完没了地谈着抗击土耳其人、瓦哈比人和英国人的大小战事。

莎丽法·哈芙萨当然封斋，这是我亲眼所见。她常熬夜到很晚才睡，起床的时间也没准儿，总归很晚。我担心她吃不消，有损她美丽的容颜，特别是在斋月，人们的生活规律完全颠倒了。尽管如此，她的声音依然悦耳动听，像施了魔法一般，深深吸引着我。

整个斋月，莎丽法·哈芙萨都让我给副王议事厅的一位常客送信。这个人以前我不认识，也可能在某个私人或公众场合见过面。

我把莎丽法·哈芙萨的信交给他，他总是耽搁很久才回信，我不得不在副王议事厅候着，按客人要求给水烟壶换水，这不是我该干的活儿。直到诗人递眼色，我就过去取他给莎丽法·哈芙萨的回信。一天晚上，他往我手里塞了一枚银币，我一辈子都没见过，更别说拿过了，简直就像天上的月亮突然掉到我手里。我赶紧把信交给莎丽法·哈芙萨。她读信时，命令我在一旁待着。她经常气愤地把大部分回信撕碎，只留下很少几封。

斋月的某个晚上，我和朋友正在点汽灯。我对他说："我烦透了这样来回传信、递东西。"

"总有一天，莎丽法·哈芙萨也会觉着累的。"

"为什么这么说？"

"那个男的是国王和王储的御用诗人，英俊洒脱，手里有几十封甚至几百封这样的信。他的礼物多得让他生活得跟国王和王储一样，甚至比他们还好，当然也比副王好了。"

"莎丽法·哈芙萨知道吗？我的意思是莎丽法·哈芙萨知道这事吗？"

"当然，她为了虚荣心和情面才跟他来往的。"

"他喜欢她吗？"

"他只喜欢自己。"

"她呢？"

"……好做梦，也不见得喜欢他。"

"嗯，爱出风头，争强好胜。"

莎丽法·哈芙萨倒是一点儿都不小气，赏了我许多干净的衣服，让我看上去配做她的下人，尽管除此之外，我还想得到点儿别的，可她像耀眼的闪电一般高高在上，可望不可即。有一天，我终于鼓足勇气对她说："求你别再让我去送信了。"

"为什么？"

"你不会如愿的。"

"你怎敢这么说？"

"这是事实，他根本不在乎你。"

"闭嘴！你这个……"

她扬起她那染了红指甲油、戴着金镯子的玉手，重重地给了我一个耳光。我丝毫没有躲闪，克制着自己的情绪，继续说："你这是在做梦，根本不是在谈恋爱。"

"闭嘴！"

我赶紧跑下台阶，只听身后响起她神经质的叫骂声。

一个警卫把我带到大门口。我往地上一坐，伸出双脚，他"咔嚓"一声给我戴上了脚镣。我朝小屋走去，我朋友劝我在脚脖子上缠些破布，省得铁链磨破了脚，也省得叮当乱响。那天晚上，碍于面子，我没跟他说话。从他脸上的表情看得出他也挺痛苦。他告诉我，给我戴脚镣肯定是莎丽法·哈芙萨的意思，只不过是由副王下的命令。我寻思，在这个城市甚至这个国家，披枷戴锁的囚犯起码比不戴枷锁的自由人过得舒心。很显然，他们既然是被囚禁的犯人，就不用操心这个操心那个，听天由命就行了。

我一反常态，早早儿就爬起来，拖着脚镣，到大门口的兵营，和警卫们一块儿吃早饭。早饭有大饼、蚕豆；运气好的时候，还会有一点儿番茄酱。我像往常一样和警卫们聊了会儿天。

我和朋友虽然聊得不多,但从他欢快而又匆忙的举止中,预感到副王府将发生一件非同寻常的事。我向他打听,他高兴地说:"副王的儿子今天要回来了!"

"干吗这么兴师动众的?他要带回一大群随从不成?"

"他要开来一辆小汽车!汽车的零部件用骆驼驮到了城郊,意大利工程师正在组装,很快就会到的。这还不稀罕吗?"

"副王的儿子从国外回来再平常不过了!"

"我不是指这个,我是说他要开来一辆汽车,非常小的汽车。你没见过汽车吧?"

整扇大门都敞开了,人们纷纷从窗户里探出头来,伸长脖子张望。真是人声鼎沸!四周的百姓、副王的佃农都来了,男女老幼,浩浩荡荡,挤在副王府门前的广场上。警卫们粗暴地维持着秩序,围观的人群挨了不少棍棒和鞭子。可怜的人们!

我拖着脚镣来到副王府院中的喷泉边坐下,把脚镣抱在怀里,从这个地方可以看得更清楚,希望能看见朋友也坐在那辆小汽车上,在副王和他儿子身边侍奉。

我不知为什么暗暗发誓:不管被铐多久,也绝不回莎丽法·哈芙萨身边儿去。可就在这时,身后突然传来她的声音"放你出来啦?还跑到院子里来啦!"

我没回头,也不吱声。

"假装没看见吗?啊!"

我还是没回头,不作声。她猛摇我的肩膀:"为什么不说话?"

我就是不回头,依然一声不吭。

她绕到我面前,挡住了我的视线。大门口聚集了许多跟我一样等着看热闹的人。

尽管是在副王府院子里,她还是裹着大黑袍,戴着面纱,只露出一双涂了眼影、明亮有神的大眼睛，面纱中高耸的鼻子像剑刃一样挺拔。尽管看上去很谨慎，可她还是伸出那只手指、手背和手腕上画着花纹的、戴着金镯子、染着指甲油、白里透红的玉手，使劲把我扳过来，面对着她，差点儿把我摔倒。我试着站起来，可她那强劲有力的手势和咄咄逼人的声音制止了我。

她温柔地凝视着我，我完全投降了，忘了周围还有那么多人，忘了看车的事儿，心中涌起一股从未有过的感觉。她紧挨着我在喷泉池沿儿上坐下，挪了挪，想坐稳当点儿，可她那迷人的臀部差点儿把我挤到地下去。我赶紧诚惶诚恐地挪了挪地儿，好让她坐舒服些。她有点儿不安地看着我说："我对你那么好，你干吗还气我？"

我觉得她好像是在对一个弱小无知的孤儿说话。

"我没气你呀。"我辩着。

"你那么粗鲁，那么狠心，像个臭乡巴佬。"

"我也许是乡巴佬，可我不臭。"

她踢着用石灰石铺砌的喷泉底座，手叉在腰上，厉声说："反正你惹我生气了。"

"真的吗？那安拉肯定不会原谅我！"

"我那么相信你。"

"可我没有辜负你呀！"

"那你也太过分了吧！"

"我只是想给你提个醒儿！"

她转过身，嗔怪地说："你是我什么人？"

"我只是一个杜维达尔。"

"那么，杜维达尔就该本分些。"

"像'美男子杜维达尔'一样？"

"你本来就是个美男子。"

她的话让我为之一震，特别是她那略带沙哑的懒洋洋的嗓音，完全有别于副王府里和所有偏房里的那些女人，那么让我心醉，让我着迷，日日夜夜回响在我的耳畔，不论睡着，还是醒着。

喧闹声更响了，土耳其式的号声也吹响了，预示着副王和他儿子的车队快到了。莎丽法·哈芙萨马上站起来，瞟了我一眼，放下面纱，像敏捷的幼驼那般向住所奔去，丝毫不理会将到的车队。

我这是第一次听到汽车马达和混杂着军号的汽车喇叭声。我站起来，仪仗队已在号手的引导下进了大门，后面跟着排列整齐的正规军、民兵、随从和仆人们。副王的儿子开着车驶了进来，他像只大青蛙一样喘着粗气，鼓着双眼，堆着假笑，脸红脖子粗的。他的父亲穿着华丽的衣服坐在他身边，站在他俩后面的是我朋友，他正高兴地与别人打招呼、开玩笑，沉浸在幸福之中。我向他拍手，喊着他的名字，向他欢呼……我完全是下意识地做着这一切。

警卫蛮横地把看汽车的小孩子们赶出院子，关上大门。副王儿子——"大青蛙"关了汽车发动机，我朋友先跳下车，像羚羊般轻盈，见我向他拍手，朝我笑笑。副王随后也下了车。副王儿子放心地将车停在马厩里，那里的马已经被国王牵走了。

那是一个不眠之夜，副王为儿子举行了欢迎宴会，所有人都参加了。我在警卫那里待了一会儿，看他们在笛子、鼓点的伴奏下跳了一会儿舞。他们也凑热闹，庆祝副王儿子归来，憧憬着副王明早的犒赏——让他们去催收老百姓迟迟没缴的税，每个人都在盘算着从缴税的百姓身上发笔横财呢！

一大早，一个警卫就把我带到一个房间里准备给我打开脚镣。兵营里只剩他一人，其他警卫——这群不受百姓欢迎的"客人"已奉命去办美差了，连号手也到河谷找一个顽固老头儿收一年的赋税去了。当兵的命我坐下，我问他话，他也不回答。兴许是他撞了厄运，没有跟其他警卫一道去收税。我朋友像往常一样笑着走过来，对我说："莎丽法·哈芙萨已下令打开你的脚镣！"

"我可没求她啊！"

"她主动下令的。"

"我不听她的。"

"这个，当兵的得照办。"

"我不干。"

"你想想后果！"

"无所谓。"

我铁了心要坚持到底。没法子，这个警卫只好把我摔倒在地，要强行给我打开。我奋起反击，和他打了起来。我使出浑身解数，用手抓他，用牙咬他，朝他的脸上扔石子。他呢，被留下来本来就很憋气，现在更是火冒三丈了，对我一顿拳打脚踢。我朋友上来拉架，又来了一些仆人和婢女才制止了这场莫名其妙的混战。我就是这么倔！朋友把我拉回小屋，给我擦干血迹，包扎伤口，我这才稍稍平静下来。

人们沉浸在副王儿子带来的唯一一辆汽车的欢乐中。我没有出门，朋友替我干了所有的活儿。我打心眼儿里喜欢他，也纳闷他干吗要这么吃苦耐劳。尽管发生了这些事，莎丽法·哈芙萨的影子仍萦绕在我的脑海里，眼前活生生的是她的身段儿、她的声音、她的千娇百媚。无论是梦是醒，我使劲想把她的身影从脑海中赶走，但无济于事！我试着忘了她，甚至使劲去想我爸、我妈、我兄弟和家人，希望能摆脱她的影子，也于事无补！她已经成了小屋的一部分，成了我每天生活的一部分，无论是动是静，她都在我面前，就连我朋友和副王府里女人的幽会及和她们干的那些丑事都引不起我的注意来。

几天后的一个晚上，我听到有人在叫我朋友，不像是副王府中与他鬼混的那些老处女的声音。声音懒洋洋的，带点儿沙哑。我有些发抖，赶紧蒙上被子，屏住呼吸。

"宝贝儿……杜维达尔，宝贝儿。"

我朋友倏地惊坐起来，同样感到很意外。

"你的同伴儿呢？"

"他睡着了。"

"叫醒他。"

"您请吧……"

"我让你叫醒他。"

"起来，莎丽法·哈芙萨叫你。"我朋友有点儿担心地叫着我。

"我不起来。"

"她找你！"

他用手敲我的头……我尽量装出无动于衷的样子，可最后还是下意识地迅速爬了起来。她拽着我的手，下了台阶。我跟在她身后，拖着脚镣一蹦一跳，一言不发。铁链发出刺耳的当啷声。

"你以前没被铐过？"

我没出声，她继续说："不然不会不知道塞些破布，省得腿被铁链磨破，也不会这么叮当儿乱响。"

我闷声不响，反而故意把脚镣弄得更响。

我们在院子里站住，我很想问问她我为什么这么爱她，问她为什么把我铐起来，又这么关心我，还冒险带我到这儿来。可我终究没有勇气，只是乖乖地跟着走，像一只温驯的狗，更像一只迷途的狗。

她坐在地上，让我在她身边坐下，问我："干吗不让打开脚镣？"

"这样就不用干那些我不喜欢干的事儿了。"

她好像没明白我的意思，问我："……你是不是病了？"

她问得很突然。我身体很好，不知道她指的是什么，便含糊其词地说："……或许吧！"

"要不就是偷懒？"

"不是。"

"你觉得自己原来是人质挺得意？"

"我现在还是人质。"

"谁的人质？"

我没吱声。我要维护自己的尊严。我就是人质，或是杜维达尔好了；再往后，或许我还得当仆人，莎丽法·哈芙萨的仆人，这对我都无所谓，重要的是我不能变成"美男子杜维达尔"，这才是我担心的。我想，她指望我说自己是她的人质，她的"美男子杜维达尔"！

我觉察出她开始顾及我的感受，就没再刺伤我。她把我带到副王府大门口警卫和号手的住处，开始发号施令。警卫和号手们毕恭毕敬地围过来，大部分已经值完班了。她的命令一向很有效。还没等我反应过来，一帮人便把我撂倒在地，用绑着石块的两根铁棍轻轻地将脚镣打开。

她带我回到大院，问："你是回你朋友那儿，还是去我那儿？"

住在她那儿舒适又有诱惑力，可我更想回到朋友的小屋，尽管他与副王府里女人的事让我不齿。为维护面子、骄傲和尊严，我决定回朋友的小屋。她本着对青春期少年心理的理解接受了我的决定。

莎丽法·哈芙萨就这样打开了我的脚镣，又让我自由地选择回小屋。她心里肯定明白，我以后会更尽心尽力地为她当差。

她也没再难为我，去给国王和王储的御用诗人送信，而是换了朋友去干这差事。我也就佯装不知内情。

一天，我朋友正在给副王揉腿，副王侧卧在窗前，窗户正对着副王府的大院。其他的王公大臣们也都有这习惯，可这些人我一个也没见过。我站在朋友身边，副王像往常一样吸了一口水烟，面前的咖啡已经凉了。

突然，英俊的御用诗人闯了进来，副王立起笨重的身子。朋友受惊似的把手从副王的腿上拿开，和我一起退缩到角落里。谁也没料到御用诗人会来，并且是突然闯进副王密室的。这间密室，只有国王或王储赛义夫的特使来传达重要命令、还有副王的贴身亲信才可以进的。

我和朋友听不大懂副王和诗人的对话。他俩先是互相说了半天客套话，问候问候，问问私事和公事，脸上都堆着虚伪的笑。副王还比较自然，已经想到诗人为王储的要事而来。我和朋友在角落望听着，我们俩像屋子里的两件家具。他们只是谈了副王儿子开回的汽车，还有那史无前例的汽车仪仗队。诗人还转述了王储对汽车仪仗队和它浩大声势的不悦。

尽管副王身材臃肿，厚嘴唇直往下耷拉，却绝顶聪明，要不也做不成副王，当不上这个重要城市的市长，掌管着城市及其周边的农村、城镇和主要关口。副王听诗人说完，假装很吃惊，然后又露出诡异的微笑，稍加思索后向诗人解释道：

"汽车本来就是我和儿子送给国王陛下和王储殿下的礼物。说来话长……当初我要儿子从国外给陛下买一辆汽车，他就亲自去买了，亲自运到港口，他还真能干！又亲自运回城里。我只是接了他而已。总之，他坚持要把礼物亲自给陛下送去。只是旅途劳顿，身体略有微恙，耽搁了下来。明天一大早，他就亲自把车开去。你知道，阁下，我们的陛下这段日子因忙于处理亚丁的也门自由人党造反一事，所以我没有立即向陛下禀告这件礼物的事！"

副王丝毫不给诗人说话的机会，自顾滔滔不绝地讲："安拉不让我和我儿子拥有汽车。所以我们将一如既往，终生骑骆驼和驴子去觐见我们的陛下。"

副王话音一落，诗人便想插话，可副王毫不理会，仍继续说："聚集在我府前的人，他们只是来凑热闹，看看这辆新奇的汽车，而不是来看我或我儿子的。您知道，阁下，他们只是些普通百姓，中间并没有头面人物，没有法官、没有村长，甚至连农民也没有，他们都是城里街巷里的孩子。"

诗人不失时机地说："我知道这些。祝您愉快！我将把这些话禀告我们的陛下，请您放心。"

"忙什么呀？多待一会儿，一小会儿！"

"我必须走，我们的陛下性子急。"

副王走到墙边的柜子前，从里面拿出些金灿灿的东西，塞到诗人手里。诗人先是推辞，最后还是把这些东西揣进贴身衣服里。他出门时看了我们一眼，微笑着，悄悄地交给我朋友一封信，还向他使了个眼色。

我一边和朋友聊诗人来访这件事儿，一边觉得挺痛心，因为莎丽法·哈芙萨对这个伪君子诗人太在意了。诗人的信在我朋友那儿，我很想知道信上写了些什么，第一次想对朋友施点儿小计，趁他不备的时候偷偷看那封信。朋友出去办事时，他的外套挂在老地方，信肯定在里边。我只想知道信的内容，瞄一眼马上放回原处。诗人到底用什么虚情假意来欺骗她的感情呢？就在我鼓足勇气想偷看信件的那一瞬间，骄傲的自尊让我退却了。我劝自己：别太在意那封信和莎丽法·哈芙萨了。

朋友回来时，我内心正经受着情感与理智的折磨。他持续不断的咳嗽声更响了，只有他睡熟了才能停一会儿。自打他出现这种病状以来，我一直担心他的身体，可他仍一根接一根地抽烟。咳嗽重的时候，疼得不省人事。

我失眠了，第一次早早儿就起来，我朋友仍睡着。我径自来到莎丽法·哈芙萨的住处。对于我的灵魂，真是一个灾难日。从感情上，我很想见到她，再没有别的什么可以引起我的兴趣了。"我只是在她那里干活儿，这是没法儿变的"，我这样解释自己急着来这儿的原因。时间还早，她还在睡觉，我就坐在门口等着。

门突然开了，出来一个人，几乎把我绊倒。"早上好啊！美男子人质。"

我心慌意乱地站起来，窘得说不出话。

她散着长头发，闪着那双又黑又亮的大眼睛，充足的睡眠使她浑身充满了活力。她的声音挺柔软，还带点儿沙哑。她问我："你朋友呢？"

"还在睡觉。"

她摇摇头，有些不悦。我追问道："你找他有事儿？"

她迟疑了一下，好像不想让我知道，不耐烦地说："去，到他那儿把信拿来，快点儿！"

我刚跑下几级台阶就碰到了朋友。他埋怨我："我不是让你早点儿叫我吗？"

"你没说呀。你不总是副王府里第一个起床的吗。"

"不知道怎么回事儿，昨晚上特难受。"

"你咳嗽越来越厉害，还不治！"

"莎丽法·哈芙萨没问起我？"

"她问了你，还有那封信。"

他没说话。我和他一起折返回去，莎丽法·哈芙萨的火气已消，她可能听到了我们的对话。他把信递给她。她急切地接过信，进了客厅，没关门，这让我有机会看到她的一举一动：她读着信，很仔细，突然，她撕碎了信，随手扔出窗外。

这完全出乎我的意料，我开心地笑了。莎丽法·哈芙萨转过身，朝着客厅大门，冲着我们，轰我们去干活儿，干些莫名其妙的活儿，根本不是我们分内的事儿。

我仍在窃笑。她质询似的看着我。我什么也没说，和朋友下了石阶，执行她的命令去了。

副王儿子引起的汽车事件结束了，车已被送到王储府中，是副王儿子亲自送去的，由英俊的诗人陪着。

副王儿子从埃及留学回来后春风得意，应酬很多，没一天闲着，要么被请去吃午饭、嚼卡特、吃晚饭，要么在城里的名门望族或亲戚、政要家中聊天。

有一天，莎丽法·哈芙萨告诉我们，她已经邀请了她的侄子和他的朋友来吃晚饭。我向朋友打听她为何不邀请他们来吃午饭、嚼卡特？朋友笑而不答。

那天，我们真累，干了好多好多活儿，和奴仆们一块儿擦洗铜花瓶、烛台、茶壶和痰盂，收拾餐厅和各种家什。莎丽法·哈芙萨对她的住所甚是得意。望楼铺着华丽的地毯，摆满了名贵的铜制、银制物品。晚餐开始后，她单独命令我把几盘巴旦杏和核桃端进去，连同已有的碟子、空玻璃杯和盛冰水的器皿，分成份儿摆满整个望楼。然后，拉着我的手来到一个隐蔽的小房间，这里很僻静，我从未来过。

她从壁柜中拿出一些玻璃瓶，有的装着彩色的液体，有的装着白色的液体，香气袭人，让我把这些瓶子摆放在望楼里的空杯子和盛着巴旦杏、核桃的盘子旁边。

我非常起劲地做着这些事儿，干得得心应手，巧妙地将每件物品放在合适的位置，显得既自然又有品位，好像以前干过似的。

我一边做着，一边不时地向站在望楼门口的莎丽法·哈芙萨瞥上几眼。她突然甜甜地叫了我一声。我向她奔去，在门口定住了。她正双臂交叉，靠在门上。我差点儿撞上她那张月亮般美丽丰润的脸！我慌了，心跳加速，口干舌燥。她用欣喜的略带沙哑的声音命我靠近点儿，那声音令我陶醉。我靠过去，她让我再靠近点儿，再贴近点儿，以至她呼出的气息都吹到了我的脸上。这么近的距离，我和我妈都没有这样亲近过。

她用手捧着我的头……在我嘴唇上吻了一下,香吻里有美酒的清澈和蜂蜜的甘醇。我的头开始眩晕,周围的一切都在旋转……只听她夸我说:"没料到你这么心细,布置得很得体,品位高雅。"

一切来得太突然了,我结结巴巴地说:"过奖了!"

她没说话,扭动着柔软的腰肢急急忙忙向厨房走去。我朋友走过来,唤醒我:"你怎么了,傻啦?"

"没事。"

"快干活儿去吧,客人就要来了。"

我那会儿劲头儿十足,就是让我伺候一千位客人、准备一千桌宴席都不在话下。

客人陆续来了。副王儿子"大青蛙"第一个先到,他嘎嘎的笑声像水烟壶的咕噜声一样干涩。和他一起来的有他的朋友、亲戚,其中还有诗人。诗人进来的时候,嘴上堆着令人作呕的假笑,惺惺作态地与人寒暄,言谈举止中透着虚伪,我一见就烦。不过,一想起莎丽法·哈芙萨给我的那吻,也就好受多了。

客人们脱下外套,纷纷摘去白色缠头巾坐下。我和朋友站在望楼入口的一个房间,每见有鞋子放反,朋友便起身将鞋子摆正。倒不怕对鞋子有什么不好,而是放反了不吉利,预示着一天都不顺。我知道这个习俗,在我的家乡、任何一个卡特馆或其他地方,包括清真寺门口都一样。

我的眼睛一直追随着那位做作的、英俊的诗人。我曾在副王议事厅听过他用铿锵有力的声音朗诵一首赞美诗,在副王府斋月的晚会上,听他吟诵过他写的颂扬国王、王储赛义夫和副王的诗作。他形象威严、皮肤深褐、身材修长、声音洪亮、笑声也很爽朗,富有磁性,不仅对女人,对男人也很有魅力。

莎丽法·哈芙萨突然摇晃了一下我的肩膀,问:"发什么呆呢?"

我顿时慌了，不知所措，这才发现，我朋友——那位可以让我依靠、可以给我勇气的人不在我身边。我踌躇地答道："遵命！"

这是我唯一能吐出的字眼，而且我觉得这也足够了。她命令我，"去把这张纸条，交给坐在那边儿的诗人。"

我极力掩饰着猛然受伤的感情，勉强接过纸条。我这才确定，她那令人心动的一吻不过是一种赏赐，好让我继续为她送信，干那件我曾拒绝做下去、并为此被套上脚镣的差事。莎丽法·哈芙萨这样做，违背了我们讲好的条件，践踏了我的感情，对我用上了历史上倒霉蛋痴情人的骗人花招。

不知道怎么的，我想起了父亲讲过的一个故事，是有关欧麦尔·本·艾比·拉比阿①和侯赛因的女儿萨基奈小姐之间的恋情。莎丽法·哈芙萨这样随意地伤害我，我要让她明白，我并不在意她，也不理会她那种不体面的做法。我就是一个眼睛里揉不进沙子的人！骄傲和自尊战胜了我，尽管是被击破的骄傲，受伤害的自尊……那我也得做做样子。于是，我说："遵命！主子，我这就去拿回信。"

"太好了！我的美男子人质。"

她想捧我的头亲我，可我一扭身进了望楼，没有再给她机会。我的突然闯入，惹得屋里人都纳闷地看着我。我原地站了一会儿，直到他们又开始谈谈笑笑，才走近诗人，在他身边坐下。他们忙着讲在国外和在埃及的见闻，副王儿子"大青蛙"讲了许多逸闻趣事，引得大家哈哈大笑。

诗人终于注意到我的存在，瞪着眼瞧着我，竟把手放在我的大腿上，用一种我从来没经受过的方式揉捏着，还假惺惺地说："你好啊！欢迎欢迎，有长进呀！"

---

① 欧麦尔·本·艾比·拉比阿（644—711），伍麦叶王朝和阿拔斯王朝哈伦·拉希德时期的著名诗人，善写情诗，尤以写调情诗见长。

我使劲把他的手从大腿上拨开,他顺手抓起面前的杯子,嘻嘻哈哈地递给我,说:"喝吧,别客气,长出息啦!"

杯子里散发出一股臭味,我禁不住打了个喷嚏,推开杯子,使劲摇了摇他的肩膀,想赶紧对付完这桩讨厌的差事。可没想到尽管这样,诗人看了我一眼,又把手放在我的大腿上,说:"你好……你好!"

我使劲拨拉开他的手,把信递给他。他拿过信,只看了看开头和结尾的几行,就笑了,再次把手放在我的大腿上,用一种我从未感受过的奇特方式揉捏着。这次我由着他了,倒想知道他有什么企图。他的手指随心所欲地在我腿上摸着,完全超过了礼节不该逾越的界线,如果还有什么礼数可讲的话!他还在继续摸索,看我没反抗,就更加肆无忌惮了,竟然深入到那个敏感的地方,那个我至今都没向莎丽法·哈芙萨,更别说其他人泄露的部位!他想玩弄那个部位?痴心妄想!我忍无可忍,立刻制止了他。望楼里的人看到这情景,都露出一副坏意的笑。

诗人自我解嘲地转身回到其他人的话题里,说起了萨那那边可能有一场反对国王的阴谋,是所谓的自由人党挑起的。这正是他想挑起的话题。一旦冷场,他又别有用心地提起直到变成满屋谈论的焦点。副王儿子"大青蛙"添油加醋地在那儿渲染,我注意到,诗人很留意副王儿子所说的话。

话题触到禁区,大家都缄默不语了,都清楚这是一个能引起惊惶和不安的禁忌。我注意到在望楼门口,莎丽法·哈芙萨,从朋友身后向这边偷看,还向我使眼色,想知道我是否把信交给诗人了。我装出一副对她、对她的信、对诗人根本无所谓的样子,接过诗人和副王儿子"大青蛙"执意递过来的酒一饮而尽,嘴里又苦又涩。一杯酒下肚,竟有些飘飘然,越发诅咒整个宇宙和至今还站在其间的人来了。

我又喝了一杯,等到喝完诗人和"大青蛙"硬灌我的第三杯酒后,只依稀记得，副王儿子好像要站起来跳舞，据说是模仿叫什么赛米耶·杰马勒和塔黑亚·卡莉尤卡的舞姿。他扭着腰，扯过一个朋友的腰带，绑在肥硕的腰间，哼着歌，说是法利德·埃特拉什的歌。喧嚣声、叫喊声、起哄声此起彼伏。我朋友端来热腾腾、香喷喷的烤肉，我贪婪地吃了一块又一块。朋友一个劲儿拽我的胳膊，都被我甩开了。我还记得莎丽法·哈芙萨生气的眼神，她从望楼门口看到了这一幕。

诗人递给我一杯酒，我不知道是怎么接过来的，也不记得是喝了还是洒到衣服上了，只记得诗人已放弃了猥亵。好像是副王突然来了，手上拿着一只白色的高脚杯，里面有酒。我木呆呆地站起来，恭迎副王。诗人拽着我的手，还让我往他那边儿靠，随后又递给我一杯酒，我记得我没接住，酒杯仍握在诗人手中，气得他只好自己把酒喝了。副王坐下，汗水顺着秃顶流到粗脖子上，浸湿了稀稀拉拉的胡子，然后从自己心爱的酒瓶里倒出了一杯，还往里兑了水，杯子变成浓浓的奶白色①。

我这辈子从没像那天晚上吃得那么饱。我爬起来去方便，跌跌撞撞的，面前的一张张脸都变成了重影儿，感觉糟透了。我在楼梯的台阶上东摇西晃，好不容易才聚集所有的力量站稳，看了一下四周。我记得诗人不知出于什么动机起身扶我走下石阶，可我抬起右手，"啪"地抽了他一记清脆而又响亮的耳光。他把牙咬得咯吱咯吱响，转身回到望楼。之后，我来到王府大院，朝喷泉走去，吹着口哨，哼着不成调的小曲，最后趴在喷泉边。朋友强拉硬拽地把我拖回了小屋。

那是我从来没经历过的夜晚！我朋友费了好大劲才帮我吐干净肚子里的东西。第二天早上，我才想起头天的事儿，可这会儿还是觉得头痛恶心，之后又陷入深深的苦恼和郁闷中。我真感到羞耻！我怎么出去见人哪！怎么面对那天晚上与我相识的人呢？我朋友早就起来了，怎么见他？怎么请求他的原谅？各种烦恼忧愁交织在一起，让我强烈地

---

① 阿拉伯国家有一种白酒，须兑水喝。兑水后的酒呈奶白色。

思念起家人来。思前想后，也只能面对现实了。此时的我就像个溺水者一样，拼命抓着一根救命稻草。

那一天终于过去了，像一个世纪那么漫长，可我仍处在不安、忧愁和烦恼中。我的心灵、理智还有那躁动的青春在互相撕扯着。躁动的青春怂恿我和朋友一样去寻求刺激，这是自踏进副王府的大门儿以后，我始终没有勇气去做、甚至连想都不敢想的事。这太痛苦了！我极力想走出这个旋涡，可毫无用处。该发生的总会发生，这就是我生命中的转折点。

这天早晨，在副王府墙边又出了一档子丑闻，把人们的注意力一下子从我身上引开了。正应了那句俗语："某人的灾祸恰好是另一人的福气。"老炮手被副王的一头叫"番红花"的小母骡子踢破了秃头，流了许多血，失去了知觉，已被送到城里唯一的意大利医生那儿去了。

在副王府里，甚至在城里，这件事儿被炒得沸沸扬扬，以致老炮手伤愈回到警卫同事们中间后处境仍很尴尬。所有的警卫，副王府中的每个人都在谈论这事儿，甚至传到王储赛义夫耳朵里。副王命令把小母骡子和其他母牲口的阴户全都缝上。

朋友乐不可支，还调侃道："副王应该下令把副王府里女人们的阴户都缝上。"他的别出心裁尽管逗笑了我，可我一点儿也不喜欢这种玩笑。不管怎样，我还是暗自庆幸，终于有一个话题可以盖过我那天晚上的事儿了。

累了一天后，我鼓动朋友一起去看看关骡子和驴子的马棚。我们进去的时候，老看守正给骡子喂饲料和玉米棒，还用铁篦子给骡子刷背，篦掉已经脱落的毛发，杀寄生虫。"番红花"甩动着金黄色的尾巴，正在轰那些落在它丰满而光滑的屁股上的苍蝇。被残忍地缝上的伤口处已经流脓，所以周围爬满了苍蝇。我盯着"番红花"，它仍称得上是一头出色的骡子，像莎丽法·哈芙萨。

"即使他干了那事儿，我也不会怪他。"我说。

"你是说老炮手？"

"是的。"

"可副王府里老处女多的是啊！"

"他老了，没人要他。"

"可他会找到的。"

"我觉得不会，有你、爱热闹的号手、年轻的警卫在，他哪有机会？"

"你不也是我们中的一个吗？"

"我只迷恋一位，可永远得不到她。"

"莎丽法·哈芙萨？"

"'莎丽法·番红花'。"

我这个比喻让朋友笑得合不拢嘴。

我和莎丽法·哈芙萨的关系演变成某种无声的对抗，她没再表现出对我的关注，我也一样。可我尽管表面平静，内心深处却热血沸腾，令我无法驾驭，无法隐藏，无法修复。她只是吩咐我：做这个、拿过来、抓着、去那儿、走开、回来，等等。不得已时，我才说话，吐出"遵命！"这两个字儿。

在那段倒霉的日子里，有一天，她突然莫名其妙地问我："你为什么要打诗人的耳光？"

她这么问，让我很反感，我冲动地回了一句："在这副王府里，打人耳光不是家常便饭吗？"

她阴沉着脸，我感觉她活像骡子"番红花"，气急败坏地甩着金黄色的尾巴，准备踹我一脚，于是我抽身走开了。

我朋友所有那些不齿的嗜好和龌龊不堪的事儿我也都跟着干了，而且完全融入了他那怪异的世界，甚至到了让他忌妒的地步。长相、肤色、年龄各不相同的妇人们都围着我，她们已厌倦了我朋友，因为他咳得越来越厉害,又憔悴又苍白,她们害怕被染上可怕的痨病。

我挺同情他的,真的,我真是非常同情他。他就像条受伤的蛇一样蜷缩在屋角,喘着粗气,强压着咳嗽声,生怕打扰我。我暗自决心把他如今干不了的活儿尽量承担下来,同时我也深深悔恨自己的所作所为。

他睡得离门口近,一般有人敲门大都是他起来开门,可每当他发现来人是来找我的,而不是找他的,得多痛苦啊!连副王也不再让他搓腿揉脚了,而是换了我做这些事!

这些变故同样也让我很难受。有一天,我们在大门口与警卫、号手还有那位老炮手像往常一样吃早饭,朋友告诉我:"今天,该你陪夫人小姐去王储府了。"听了这话,我更不好受了。

自我进副王府至今,这些事都是朋友做的,我不明白为什么现在变了,便安慰他:"这又是莎丽法·哈芙萨的提议,不是副王的命令?"

"也许是夫人小姐们大伙儿的意思,但不管怎样,命令总是由副王下达的。"

他这么一说,我惊愕地把嘴里的饭都喷了出来。我站起来,试着向他解释这件事对我其实无所谓,我并不在乎。但实际上这样安排让我特别难受。我对朋友说:"陪夫人小姐出去,特别是去王储那儿,你比我有经验。"

"谁都有受宠的时候嘛!"他淡淡地笑着说。

"你这是挖苦我。"

"怎么会呢?"

"这太伤我自尊了!"

"我没想伤你。"

"这等于无声地屠杀呀!"

"你千万别这么想。"

"是你鼓动我去干这些的，这没错吧?！可你绝不会让我做个不讲情义、自私自利的小人吧。"

"我可没鼓动过你，你是你自己的主人。"

"不，你怂恿过我。"

"比如说?"

"太多了，要不要我讲给你听?"

"我什么都不记得了。即便是这样，你也别朝坏处想。"

"是你把我想坏了。"

"主啊! 这怎么可能!"

"你天天都在伤害我。"

"胡说! 天理不容!"

"千真万确。"

"够了!"

"不行。"

"大家都在看我们吵架!"

"那又怎么了?"

"求你了，别这么大声儿!"

"我就这样儿。"

"干吗非要这么吵呢?"

"为了让你知道我爱你，就像爱我早就过世的兄弟一样。"

"好啦，我就是你的兄弟，让我代替他好了。"

"打我到这儿来，我就把你当成我的兄弟了。"

"那你就别激动了。"

"嗯? 指我吗? 那我再闹大点儿。"

"别，别，你要怎么着就怎么着吧，不过，别这么大声!"

"我就是想让副王听见。"

"他肯定听见了！"

"让去他那儿的人也都听见。"

"他们肯定已经听见你的声音了。"

"那我想让全世界都听见。"

"莎丽法·哈芙萨也早听见了！"

"哈芙萨或者'番红花'，都无关紧要。"

"别这样。"

"让他们都知道好了，我的朋友，我绝没有背叛你。"

"好了，打住吧。"

"还没完。"

"行了。走吧，我们回房去，让我告诉你怎么办。"

"干什么？"

"陪夫人小姐们去王储那儿。"

王储最小的妃子想要结识城里边有权有势人家的贵妇人，当然，副王的夫人们是首先被邀请的客人。

国王陛下有一辆邮车，专门在首都和各主要城市间递送信件。这辆唯一的邮车开到了副王府的大院里，来接副王府的女眷们去赴宴，其中排在首位的是莎丽法·哈芙萨，因王储赛义夫·伊斯兰的这位妃子很想一睹她的芳容。外面有关莎丽法·哈芙萨的各种传闻已到了神乎其神的程度！

哈芙萨交给我几包用绿树枝捆好的卡特。这些卡特是从副王靠近城边的农场收上来的，种卡特占了普通佃农三分之一的年收成。那几捆卡特挺沉的，我只能把它放在车尾合适的地方，以保证不散开，卡特的绿叶也不会因太热而蔫了。

这是莎丽法·哈芙萨交给我最要紧的事儿。此外，等女眷们坐上车，我还得负责放下灰色的车帘儿。我只能站在车尾，那位脾气暴躁的司机指挥我怎样把脚放在横在车尾的铁杆上，怎样用手抓住车尾弓形的把杆，我已经练习过多次了，这都是在女眷们从副王府出来之前，在她们的高谈阔论压过汽车马达和喇叭声之前练的。

她交给我的这件差事太难办了，而且还别无选择。特别是我头一次坐车，确切地说是擦着车尾，在生与死的边缘徘徊！尽管如此，那股兴奋劲儿还是让我陶醉，这是一次激动人心的旅行。我就要第一次坐上那种能发出恐怖声音的邮车，孩子们看到国王这辆唯一的邮车进城，都用嘴发音模仿汽车声。我会亲眼看到赛义夫·伊斯兰王子的新王宫，这座他精挑细选的豪华宫殿。

我还会看到一些新鲜事儿：见一下王储的御前侍卫，穿的是蓝色制服，挎着德制新式武器；还有鼻子扁平，身材高大的黑奴。还可以看看关在铁笼子里的狮子、狗和老虎；王储府的大厅里有另一种奇怪的动物，人称"沃迪希"或"阿拉伯的麦哈乌"。据说，它有着羱羊的角、山羊的头、骆驼的嘴、驴子的蹄子、牛的身子、马的尾巴，混合各种动物颜色的彩色皮毛，就连排泄物也是颜色、形状奇异，有一股香味。

我听说王储把这些关在铁笼子里的动物摆放在王府的院子里，为寻求刺激，有时还把敌人扔进铁笼里，津津有味地欣赏血腥的一幕。照我已故奶奶的说法，那情景令人毛骨悚然，足以把婴儿的头发吓白。

这就是我愿意冒险陪伴副王女眷出行的原因。我知道莎丽法·哈芙萨一定会去，她还会捉弄、刁难我，其实我没必要遭这个罪，可心里还是愿意去，只要确定莎丽法·哈芙萨会去，我的心就会怦怦跳个不停。

国王的邮车前边儿有一个司机专座，鸟笼形状，旁边还有一个副座。车后面很宽敞，用一块灰色的粗布罩着，两边是透明的小塑料窗户，可时间长了，已经不怎么透光。女眷得从后边上车，然后由我放下车尾的帘子。司机性子特急，猛按车喇叭催促大家上车。坐在副座上的是副王的心腹，负责保护副王府女眷。

司机粗鲁、暴躁地命令我打开车后门，让女眷们从后边儿的铁镫子上车。我对他的放肆无礼觉得特生气。更不能容忍的是，他下车后竟然站在我身边贪婪地盯着女眷们的脸，那色咪咪的眼神恨不能把女眷们生吞活剥了！我不知哪来的勇气，或许是出于忌妒吧，大声吼了一下，提醒他检点些。他气呼呼地回到前座，恶狠狠地、鄙视地看着我，这我都忍了。

我要做好分内的事，尽管狂妄的司机只把我当作是副王府中的一个杜维达尔和人质。我左手掀着帘子，右手随时准备扶她们一把，特别是那些年纪稍大的。真没想到副王府里和配院中竟有这么多女人！

她们先上了车，然后是邻居家的夫人们，我全认识。一想到莎丽法·哈芙萨要从我面前上车，心跳都加快了。

我看不看她呢？如果她笑着看我一眼，我要报以微笑吗？如果有机会，要主动上去帮忙吗？扶她上车，留心不要把她的大袍弄脏，给她找一个舒服的座位？还是把我的衣服铺在她坐的铁椅上？如果她的鞋子掉了，我是不是应该捡起来重新穿在她光洁细腻的脚上？我到底为她做点儿什么？她又会对我干些什么？

整个过程都很顺利，女眷们有序地上了车。莎丽法·哈芙萨要上车时，右脚一打滑，失去了平衡，倒向我这边，我顺势把她抱住，心里慌乱得不行……我扶她站稳，上了车……我不知道为什么自己的手已经实实在在地触到了她的身体，就像摸着什么神奇而美妙的东西，令我整个身体都为之战栗。可她呢，却只顾着整理她的大袍和饰物。

我情不自禁地微微一笑，而她还是眉头紧锁，活像一头幼豹。我顿感心情舒畅，或许莎丽法·哈芙萨这一举动就是为了让我搀扶她，双臂抱住她！这只是我的猜想，却合乎逻辑。她不想让我觉得这是故意的，可我又怎么能不当真呢？她是副王府女眷中最年轻的一个，那些老太婆都顺顺当当上了车,唯独她被铁梯绊了一下!

这么一想,我紧皱的眉头和心扉就都舒展开了。我放下车尾的厚帘子,以免女眷们被人瞧见,然后照司机先前说的摽着车尾,向他打了个出发的手势。要是他提前几秒钟发动,我没准儿会被摔个仰面朝天。

邮车出了副王府大门,朝城里驶去。没人想到那么狭窄的街道还能行驶四个轮子的车子,车里还坐了这么多人!邮车穿过高大的城门,驶上一条黑色的石砌小路,这小路是一百年前,也就是女王艾尔娃和密阿黛时代为商队开凿的。我吃力地摽在车尾,疲惫不堪。

莎丽法·哈芙萨突然神经质地挑开厚厚的帘子,差点儿把我掀倒在地。我瞪了她一眼,想着把厚厚的帘子重新放下,可她冲我喊道:"让它敞着吧,可以透透气儿!"

她的声音震住了我,我只好认命。我想把厚帘子掀到车顶上,身子一晃,差点儿被甩到地上。莎丽法·哈芙萨冲着司机大喊,同时用手猛敲玻璃窗,不停地嚷:"停车!停车!"

可恶的司机停下车,问她干吗。她声色俱厉地道:"你想杀了人质杜维达尔不成?"

"安拉明察!这怎么可能?!"

"那让他进来,和我们坐一块儿。"

司机旁边的那位保镖连忙同意了。司机只得说:"遵命!女主子。"

莎丽法·哈芙萨揪住我的衣领,把我拽到身边,真让人不好意思!道路崎岖不平,车子晃动得很厉害……她的身体不时蹭着我,她呼出的气直接吹到我的脸上。有的女人开始呕吐了,有的人还在聊天,我听不懂她们聊什么。她也没有搭腔,只是看着我笑,几乎笑出声来,最后终于忍不住,开怀大笑起来。呕吐声、聊天声戛然而止,车里的人都诧异地看着她,我觉得她们也看着我,她毫不在乎。女眷们又聊了起来，都是些瞎编乱造的事儿。

汗水从我脸上往下淌，浸透了衣服。她用肩膀碰碰我说："你怎么这样？像块木头。"

我没有回答，只是用舌尖舔了舔嘴唇。

"干吗不说话，哑巴啦？"

"……我是第一次坐车。"

"觉得恶心了？"

"不知道。"

她把大袍的一角摊到我面前，奚落道："想和她们一样呕吐？"

"要吐，也要等到下车后再吐。"

她突然生气了："你怎么这样？如坐针毡。"

"比这还厉害呢。"

"车上每一位你不是都认识吗？"

"大部分都认识。"

"那你还装什么害羞，不好意思啊？"

"我没装。"

"你是说你生就如此？"

"没错。"

"那你告诉我，她们中哪位的床你没上过？"

我没理她。她继续编排我："是她，副王的堂妹？还是那位紧盯着你看的？她是这家里的人，只不过住在农村。"

我真想从车上跳下去，央求道："求求你，别再损我了。"

"我说的哪点不对？"

"我这就下车。"

"不行，我会跟着你的。"

"我再也受不了你这些胡说八道了。"

"大胆!"

"本来就是嘛!"

"放肆!我是副王的妹妹,莎丽法·哈芙萨。"

"……那你干吗对我就像对一个不懂事的孩子?!"

"我倒想把你当一个男人呐。"

"我本来就是个男人!"

"哪点儿能证明?"

"你想让我当个下流胚子?"

"求安拉保佑!我尊敬的先生阁下!"

赞美安拉!我们终于到了王储的府上。我赶紧跳下车,腾出地方让女眷们下车。原想莎丽法·哈芙萨会紧跟着我下车,她就坐在边儿上,离车门很近,可她却是最后一个下来的。

"别走远,等我们叫你。午饭后你把卡特搬过来!"

她的话就像是圣旨,可恶的司机听后也有几分敬畏,更别说保镖了。其他女眷纷纷模仿她,可谁也比不上她,还被那位可恶的司机嘲笑了一番。

我待在王储府的院子里,除了守着卡特,不知道还能干什么。我看见赛义夫·伊斯兰王储的御前侍卫,穿着传统的蓝色制服,喊着口号,昂首阔步。一起来的那位保镖岁数大了,坐在墙边,倚着一块"靠石",没吃午饭就先嚼起卡特来。他一向少言寡语,副王真会选人,挑上他担此重任。我在副王府就知道他,可他不认识我。他没有跟我说话的意思,我也没打扰他,独自到院子深处找关野兽的地方去了。我想看看那野兽长什么样,又不放心留在老保镖身边的那些卡特,他一定会偷吃的。他对卡特那么上瘾,都当饭吃了。

等到了关狮子、老虎、鬣狗等野兽的铁笼子边上,才发现赛义夫·伊斯兰王储饲养的这些动物，看上去既可怜又可怕。我想找那种叫"沃迪希"的怪兽，后来才知道叫"麦哈乌"。一个御前侍卫告诉我，这怪兽放养在王府门外等候的人群里，这些人都是为了案子来找王储求情的，有的是从很远的地方来的。这太令人吃惊了！

逛了一会儿，我就觉得没意思了，总觉得自己是个陌生人。这时候，一个黑奴朝我走来，像漆黑的夜晚或煤块一样黑，穿着御前侍卫服，身边还有一位清秀的年轻人，我感觉他们俩是在找我。

那个清秀的年轻人是赛义夫·伊斯兰王储的私人杜维达尔，皮肤细腻，画容清秀，衣着整洁，问我："你是副王府的杜维达尔吗？"

我从未觉得"杜维达尔"一词像今天这样深深刺痛我。我勉强点点头。他上下打量我一番后，说："看上去你是城堡的人质。"

我再次点点头。他撇撇嘴："人质当杜维达尔肯定不怎么样。"

"没错……"

我松了一口气，本想再说点儿什么，他打断我说："他们不干好事，老是惹是生非，还爱逃跑。"

最后一个词儿提醒了我，我笑着问："你有何贵干？"

他不怀好意地说："我，没事儿找你？是莎丽法·哈芙萨叫你，不知道她叫你干吗。"

"要是她要卡特，我把它留在老保镖那里了。"

"我们已经从他那儿拿到了。她是要你本人。"

我跟着他走，黑奴跟在我们身后。透过薄薄的绸衫，看得到他柔软的腰身轻轻摆动，仿佛天生就这样步履轻盈，很自然、很顺眼。

他带我穿过长廊，来到一个大厅。中间是一个圆形池塘，很大，比副王府中的喷泉大许多，清澈的水轻轻荡漾。池塘里面有一叶小船，一个约莫十三岁的小男孩儿在水里划着船。

小男孩儿划着船朝这边靠近，向我们伸出手，我想王储的私人杜维达尔或黑奴会帮忙把他从船上拉到岸上，可他俩没动。我想应该帮上一把，就向他伸出手。可他猛的一拽我的手，我整个人都掉进了池塘，在水中挣扎。水灌进我的耳朵和鼻子，湿衣服拽着我直往下沉，差点被淹死。

我克制着自己，强压住怒火。那个被宠坏的小孩儿因计谋得逞而放声大笑，那位女人气十足的王储私人杜维达尔和傻大个黑奴也向小孩儿讨好献媚。这么下流的恶作剧，弄得我怒不可遏。

我必须得把那条船和船里的小孩儿掀个底朝天。我使劲儿一掀，那个飞扬跋扈的小孩儿就掉进水里，船也在水中不停地打转儿，那个杜维达尔直喊救命。王储的御前侍卫和黑奴们纷纷向这边跑来，衣服没脱、武器没卸就跳进池塘，救起那个飞扬跋扈的小孩儿，他正惊恐万状地号叫着。

我浑身都湿透了，正忙着拧衣服，只觉一记耳光重重地打在我的左脸上，顿时失去重心，脑袋嗡嗡作响。我定神一看，原来是那个飞扬跋扈的小孩儿打的。我上去就抓住他的衣领，把他摔倒在地，一顿拳打脚踢。要不是御前侍卫和奴仆拦着，我一定要好好教训他一顿。

真是倒霉透了！本想好好玩玩，了解点儿新鲜事儿，至少是走出副王府，换换环境，可万万没想到会是这样的结局，太出乎我的意料了。原以为可能会从邮车屁股后边儿摔下去；或是弄丢几包卡特；要么是冲撞莎丽法·哈芙萨，冒犯她的威严；再就是遇见那位英俊的诗人，遭他的白眼和羞辱；要不就是闲逛时被王储养的野兽吃了。可怎么也没想到被一个飞扬跋扈的小孩儿欺负，还跟他打起来了。

御前侍卫和奴仆把我拉到王府外像对待囚犯一样把我关进禁闭室。这时我才明白，那个飞扬跋扈的小孩儿原来是王储赛义夫·伊斯兰的侍童，王储把他看得比什么都重要！

"疯子，你都干了些什么？"侍卫长问我。

"我干什么了?"

"你冒犯了我们王储主子的侍童。"

"是他先动手的。"

他沉默片刻,说:"你就关在这儿啦。"

我没作声。他压低声音继续说:"等莎丽法·哈芙萨来摆平这事儿吧!"

他的话激怒了我,我说:"和莎丽法·哈芙萨有什么关系?"

"你是她的专属侍童,她对你有责任。"

侍童?我的第二种身份,真令我感到耻辱!我辩解道:"我不是她的侍童,她对我没有责任。"

"这事儿就怪了。"

"有什么怪的?"

"你已经搅得天下大乱了,除非她去面见我们的王储主子!"

"她见诗人了吗?"

"你指谁?我不明白。"

"英俊的诗人。"

"嗨,你指的是教书先生。"

"我说的是诗人。"

"对!诗人就是教书先生。他有时教王储主子的孩子们。"

"或许就是他。"

"……要是你说的是他,那他和莎丽法·哈芙萨一块儿去为你求情。"

听了这话更让我难受,我怕侍卫长察觉,便立刻掩饰,转移话题,问道:"那个小孩儿是谁?害得我受罚。"

"你以前不认识他?"

"我听都没听说过,我怎么会认识他?"

他笑着说："他是赛义夫·伊斯兰王储主子唯一喜欢的人,王储喜欢他的程度超过了对自己的亲生儿子、妻妾,甚至世界上的一切。"

他出于对我的同情,唠叨个不停。我知道了那孩子是王储司机的儿子,有土耳其血统,可能他母亲是土耳其人……王储对这个孩子的喜爱有点儿超乎寻常,我隐约觉得这个孩子可能是王储的私生子。这就是大家惊慌失措的原因!

这个小孩自小就能跟王储在密室里玩,王储从不允许自己的儿子和他美丽的妃子们进这间密室。对这小孩的任何要求,哪怕很出格,王储都有求必应,小孩甚至可以揪他的胡子玩,可以在威严肃穆的王储议事厅里大嚷大叫,闹个鸡犬不宁!

待我平静下来以后,我才知道这件事没惊动王储,没有像预料的那样严重。莎丽法·哈芙萨和那位英俊诗人尽力说得轻描淡写,化解王储的满腔怒火,尽管这件事已在王储府传开了。

临近黄昏,听到侍卫长叫我出去,让我离开禁闭室,和女眷们一起坐车回副王府。

在车里头,女眷们就刚才发生的事七嘴八舌唠叨个不停,有的当着我的面厉声尖叫,张着丑陋的大嘴,露出残损不全的牙齿,有的牙都没了。看她们那神情,仿佛我捅破了天,犯了弥天大罪!

我像来时一样,缩在莎丽法·哈芙萨身边。她拉我坐下,没让我在车尾撂着。她一言不发地看着这些女人,任那些斥责、辱骂、诋毁、中伤劈头盖脸地向我袭来,偶尔大笑几声。这笑让我好受多了。

"太有意思了!要王储殿下知道这件事,我们就完了!"一个人说。

"整个儿是一场大灾难!如果副王大人知道了,我们也就完了!"另一个附和着。

"他肯定会不高兴。"有人插嘴。

"主呀!求你庇护,真是一场灾祸。赞美安拉!到此为止,我们已脱险了。"另一个接茬。

"我不明白,为什么让人质杜维达尔陪我们?他又没礼貌又没教养。"又有人说。

这些话几乎把我的肺都要给气炸了。我使劲地把头往车外伸,尽量离她们远点儿。可莎丽法·哈芙萨却使劲儿拽我,逼我待在她身边,笑眯眯地听着她们的谈话,偶尔发出讥讽的笑声。

"不能再发生这样的事了!"有人说。

"我们中的某个人该对这事儿负责!"又一位大胆地补充道。

莎丽法·哈芙萨立刻笑着讥讽道:"主啊!这话是同情王储的公子呢,还是责备坐在我身边的人质呢?"

她这一番大声的嘲笑,顿时令她们哑口无言。过了片刻,她突然推了我一把,我一下子倒在她们的怀里,吓坏了。她气愤地说:"你们忌妒他坐在我身边,我可没忌妒他每晚爬到你们床上!"

"别以为自己漂亮,是埃及权贵的妻子①,就这么狂!"有人忍无可忍地说。

莎丽法·哈芙萨反应很快,"他不是优素福,蠢货!"

这种局面完全出乎我的意料,让我无地自容。

在她们的唇枪舌剑中,我的眼睛一直盯着那位缩在车角的农村小姑娘身上,她比我还无助、还恐惧,吓得不敢出声。

我迅速冲到车尾,一眼就瞟见了高大的城门,趁势跳到空旷的街上。店铺照例已经打烊了,正好是昏礼和宵礼的时间,街上只有一些警察,脖子上挂着月牙形的铜牌子和口哨,保持着土耳其统治时期的遗风。

我逃到一条我不知名的窄巷子里,还是没停脚,只觉身后有人像

---

① 埃及权贵的妻子,《古兰经》的优素福章,讲优素福是埃及权贵买来的,当义子养。优素福长大变成美男子,权贵的妻子便勾引他。

我一样喘着粗气,是莎丽法·哈芙萨,只能是她,不会有别人!她用力抓住我的胳膊,问:"你去哪儿?"

"请放开我!"

"决不。"

"要不然,我就动手了。"

"你敢?胆小鬼!"

我用力一甩,她几乎摔倒在地。可她又跑过来,两手紧紧地抓住我,黑色的披巾滑下来,露出那迷人的曲线……就在我的手几乎打到她脸上的那刻,缩了回来。月光下,那张美丽的脸,泛起了点点红晕。她挑衅地说:"打呀!"

"……"

"你怎么不打呀?"

"……"

"我要看看你怎么做一个男子汉!"

我抬起的手落下,打在自己的大腿上。我哀求着:"求你把披巾戴好吧!"

她大笑:"我不是说过,你还是个孩子嘛!"

我强压住怒火,因为我确信她明明知道我已经成人了。可我们现在毕竟是在大街上,人们马上就要从清真寺出来,而且已经有人出来了。我冷静地对她说:"求你放我走,别管我的事。"

"决不!因为你是人质,我的美男子人质。"

"即便我是人质、杜维达尔、侍童,可你管不着我。"

"我当然管得着!"

我猛地挣脱了她。她喊道:"你扔下我,我不知道回家的路。"

"骗人,你知道。"

"就算我知道……副王会怎么说?其他人呢?"

"你就说像往常那样参加晚会去了。你不是有时也夜里出去玩,回来的比现在晚多了吗?!"

话音未落,只觉一块石头砸在我背上,同时,耳边响起她那略带沙哑的声音,她几乎是在声嘶力竭地叫:"我决不让你走。"

我没作声,揉揉被打疼的地方。她喊得更响亮了:"我要喊人了,让从清真寺出来的人抓住你。"

"这对你可不光彩。"

"对你更不光彩,因为是你要逃跑。"

我没理她,仍往前跑,在这条不知名的路上跑。她又朝我扔了块石头,打得我生疼。我又气又疼地站住,也从地上捡起块石头,用力朝她扔去,可在最后一瞬间,我改变了方向,向远处扔去。我只是想警告她别那么固执,可她丝毫没有退缩,而是又捡起一块石头,向我跑来。我无畏地站在那儿。而此时,我的心已投降了。

她拿着石块向我奔跑过来,离我很近了。我等着被石块打破头,血流不止,可她把石块扔到一边,直接向我扑来,两手紧紧地将我抱住。我那慈祥的老妈都没这么抱过我!

她弯下腰,再次从地上捡起石块,喘着粗气。我听到了她的心跳声,这声音弄得我魂不守舍,刺激着我敏感而又脆弱的神经。她揪住我的衣领,狠狠地把石块扔在地上。我听到了她的呜咽声,问道:"你怎么了?"

她没回答,从她紧贴着我胸膛发出的啜泣声中,我似乎嗅到了乐园的气息。我试着推开她,再次乞求地问:"你怎么了?"

"没事。"

她沉默片刻,仍在我怀里,确切地说,是我在她的怀中。她竟有些局促不安,好一会儿,才慢慢地松开我。

"我是回牢房,关禁闭,还是戴脚镣?"我问。

"还有什么对你管用?"

她朝副王府大门走去,我亦步亦趋地跟在后面,像个战俘。一踏进大门,警卫便按莎丽法·哈芙萨的吩咐将我扣住,给我套上了脚镣。莎丽法·哈芙萨径自朝她的住处走去。

警卫和号手笑呵呵地欢迎我,还为我睡在哪儿争执起来,号手赢了,要把我带到他的密室。我戴着脚镣与他一起往上爬,每跨一个台阶他都帮我。他对我说:"警卫们很下流,你在他们那里不安全。"

我点点头,算是谢谢他的好意,不知道他为什么待我这么好。我倒更希望监禁在我朋友的房间里,可我还没见到他,他可能还不知道我的遭遇。同时,我也有点儿想躲避他的心理,不想让他看到我这副模样。待在号手这儿起码比在其他警卫那儿更安全些。

他一进房间,就放下枪,开始给我铺床,准备枕头、被子、床单等。然后,拿着他的寝具,歉意地表示他夜里要轮岗,并叮嘱我把门反锁上,这才离开。

我知道他为人豪爽仗义,尽管爱胡闹,还有其他的毛病。这天晚上我对他的印象很好,但还是怀疑他是和副王府的某个女人幽会去了。我不能肯定这种猜测是否多余,但确实从房门后听到了可疑的声响,那是他和副王府的某个女人发出的,却辨不出是哪个女人。

我疲惫地闭上眼睛,劳累了一天,经历了那么多突如其来的事儿,真想好好睡一觉,可就是睡不着,总是琢磨着莎丽法·哈芙萨这一天的举动。怎么解释这天发生的一切?怎么说服自己的感情和理智?这一切到底是爱情所致,还是只是一场游戏呢?我失眠了。

伴着清晨射入房间的第一缕曙光,我早早地就起来了,渐渐看清了屋里的模样。晚上进屋时,油灯太暗,没有看清。

房间是圆形的,东西摆得有条有理,干干净净,就是副王的房间也赶不上这里干净、整洁!卧榻铺得整整齐齐,盖着平整的床单;彩色木箱虽已破旧却很洁净，一些家什挂在墙上，精心排列着，显示出别具匠心的品位；较低处放着一个水罐、一个火炉和一些做饭用的陶瓷和铜制的器皿，上面罩着手绣的布套，连鞋子也有专门放置的地方；他的铜号饰有手绣的璎珞，挂在一个干净的地方，上面搭着一块薄薄的真丝手帕。我竟羡慕起他来，能把屋里保持得这么整洁、干净。我起身打开门，发现他睡在门后，那块地方可以看见下面副王府的大院，他的枪压在腿下边，正打着呼噜。

我迟疑了半天，最后还是叫醒了他，请他进屋继续睡。他惊醒了，站起来，赶紧收起自己的东西，好像他以为我要帮他收拾似的。进了屋，一关上门，他就睡过去了。

我拖着脚镣下到号手岗楼的最后一级台阶时，站岗的警卫醒了过来，看到了我。这时，耳边响起那首熟悉的老调：

杜维达尔呀！
你娘思念你，
天天泪如雨！

我在大门边安静地待着，微风拂面，倚着一块石头，望着宽阔的操场，心不在焉地听他们唱歌。

我朋友杜维达尔向我跑过来，殷切地问候我，挨着我坐下，手里端着一个大瓷盘，盘里放着一小碟一小碟点心什么的。一看就知道是莎丽法·哈芙萨的餐具，只有重要的宴请，她才会用这些盘子和碟子。

他看着我愁眉不展的样子，便说些清晨常说的祝福的话来宽慰我，逗我："你干了什么呀？疯子！"

"我没干什么。"

"噢？"

"你指什么?"

"我知道昨天发生的事了。"

"她跟着我跳下了车,就这事儿。"

"她是谁?"

"莎丽法·哈芙萨。"

"我不是指这事儿。"

"那你指什么?"

"你干得可不止这些吧!。"

"……我想不起来。"

"听说你打了王储的公子。"

"你是说那个飞扬跋扈的小孩儿?他无缘无故地捉弄我,把我拽进池塘里,我本来是想帮他的。"

"对,我指的就是这事儿。"

"这事已经过去了,他也得到了报应。"

"你疯了,还是傻了?"

"我巴不得疯了。"

"这我相信。"

"也许,我现在已经疯了。"

他沉默了一会儿,说:"那个小孩儿是王储的私生子,王储把他当宝贝,喜欢他胜过一切,甚至超过他那些合法的儿子。"

"我不明白你干吗告诉我这个。"

"你还不明白,这个私生子对赛义夫·伊斯兰家族的赛义夫王储来说是何等重要?!"

"不懂。"

他一边给我讲一桩奇闻,一边领我来到一个警卫跟前,按莎丽法·哈芙萨的命令给我打开脚镣。他告诉我,莎丽法·哈芙萨挺看重我的。

我们朝住处走去,他说:"那天晚上……"

我正纳闷这次打开脚镣我为什么没有反抗,这么轻易就服从了,没准儿我压根儿就希望打开脚镣吧。

他用胳膊肘碰了我一下,我随口应答着:"嗯,好啊!"

"那天晚上,副王府里也没消停。"

"出了什么事?"

"没有,只是议论你和莎丽法·哈芙萨,你打了王储主子的公子,你和莎丽法·哈芙萨晚上又神秘失踪了,等等。"

我没有回答,又想起了那天的经过。他说:"副王肯定要见你,问那天的事儿,特别是莎丽法·哈芙萨那么袒护你,在副王面前都哭了。副王见她泪流满面,就答应饶了你。你知道莎丽法·哈芙萨在副王那儿的地位。"

一想到莎丽法·哈芙萨在副王面前痛哭流涕地为我求情的情景,我便心痛不已,怎么也不能相信莎丽法·哈芙萨会这么做,她可是从来不哭的。我激动得热泪盈眶,泪水顺着脸颊往下流。要是她真的哭了,用她那让我痴迷、懒洋洋略带沙哑的嗓音哭了的话,那真是天下奇闻了!

我擦干眼泪,觉出了自己在她心里的地位和价值。我已经占据了她的心灵和情感,成为她不可割舍的一部分!

副王要在那间豪华气派的望楼召见我。每天早上,有一段时间,这里就只有他一个人。他像往常一样吸着水烟,伏在面对大院的窗前,监视着这个特殊王国居民的一举一动;他腆着大肚子,双腿交叉卧在那儿。我进了望楼大门向副王问候早安,他像往常一样对我不理不睬。

我发现他每天这个时候比其他时候更随和,脾气也更好。我站着等了半天,希望他能注意到我……可他始终没眼瞧我。我只好弄出点儿动静来，他这才瞟了我一眼说："喂，过来点儿。"

我走过去，恭恭敬敬地站着。他盘腿坐着，挺着大肚子，问："你在王储的府上都干了些什么？"

"我没干什么。"

"是吗？那怎么弄得满城风雨？"

"别听他们胡说，本来就没什么。"

"我不信，你绝对干了什么坏事儿？"

"什么事儿？"

"你还问我？"

"那我问谁？"

"别这么厚颜无耻！"

"我没厚颜无耻。"

他把烟杆一扔，后来又捡了回来，态度稍微有点儿缓和，问："那后来你和莎丽法·哈芙萨去哪儿了？"

"回这儿了。"

"瞎说。"

"那您说呢？"

他缄默片刻，重新把烟杆塞进嘴里，咕嘟咕嘟地吸了几口："你们俩回来晚了，比其他女眷回来得都晚。"

"车里太挤，我喜欢走路。"

"那莎丽法·哈芙萨呢？"

"她也觉得挤，就和我走回来了。"

"为什么？"

"她也喜欢走路呗，而且当时街上没什么人。"

"怎么没听莎丽法·哈芙萨说过？"

我想着该怎么打圆场，可他却没继续深究，而是恶狠狠地说："这是第一次,也是最后一次,再也不能这么放任你了。"

我没吭声,只是垂着头。他接着说:"你以后要老实点儿,尤其是这一阵。"

我还是没出声,他又问:"你把王储的公子怎么了?"

"是他先偷袭我的。该发生的就发生了。"

"以后不许再发生类似的事!"

"是!"

"别以为是在你老家,可以任性胡来。你现在是人质,是杜维达尔,是我给了你这么舒适安逸的生活,也是我把你从关押人质的城堡里带到我府上来的,让你享受这么优越的生活。"

"我想回人质城堡去。"

他大发雷霆,喊道:"绝不可能。"

"怎么不可能?我已经成年了。"

"撒谎!"

"这是真的。"

"你什么都不懂。"

"我身体有很明显的迹象。"

"怎么看不出来?"

"我让你看看?"

"下流的玩意儿,你就是白日做梦。"

"千真万确,我干吗要做梦?"

"好让人说你是成年男人啊!"

这话刺痛了我,让我想起莎丽法·哈芙萨说的话。她和她的副王哥哥在反对我这点上倒是很默契。我狠狠地说:"在我被关进城堡和到这儿来之前,我就已经是一个男人了。"

副王那笨重的身体猛地站立起来,我明白这是在撵我走,我就退了出去。

第二天早晨，副王再次召见我，说："你就留在我这儿听差吧，不要去别的地方了。"

我服从了他的命令，接着问："那我干什么？"

"负责卡特厅，准备一切所需用品。你已经是一个男人了。"

我朋友——美男子杜维达尔的脸色越发惨白，身体越发消瘦憔悴，咳嗽得越来越厉害，我每天晚上被他吵醒的次数也越来越多了。他咳嗽厉害时几乎会昏过去，而我所能做的只是把他抱在怀里，在他胸口上拍拍，好减轻点儿他的痛苦。

第三章

我不再去莎丽法·哈芙萨那儿了。我感觉副王这次是决心已下，因为我已经——像他屡次说过的——成年了。副王府里有女眷的地方，甚至连厨房我都不再去了，和女人沾边的事儿也不再干了，我的活儿仅限于在副王的卡特厅，给熏蒸仪注凉水，整理坐榻上的靠垫，给水烟壶换水、点烟，等等，反正是在这个弹丸之地打杂儿。

副王总会给我好多卡特，他总觉得我看不起自己所干的这活儿。因为这并不是一个杜维达尔或人质应干的活儿，这只是仆人的活儿，便在他宽敞的办公室下边专门给我辟了一个休息的地方。从此，我有了一个新的嗜好——嚼卡特。

坐在自己的坐榻上我还挺自得其乐的。那一阵人们私下里都在传，要出什么事了，我断断续续地听见议论，说什么"自由人"啊，什么"宪政"啊，还提到赛义夫·伊斯兰王储和他年老昏聩的父亲——国王大人。

副王比其他人谨慎得多，也许是因为他所处的地位显赫，而且谈话是在他的府内。一旦客人走光，他就会陷入沉思。我在那儿拾掇客厅，清扫客人丢下的碎纸、卡特枝子，刷铜痰盂，洗陶瓷杯，卷水烟壶的长壶嘴儿，倒鱼骨头，等等，他也没断了沉思。他的水烟壶还摆在那儿，那个用电池的大收音机就在他面前。他不停地转动旋钮，调台，渴望听到什么令他欣慰的消息。他还叫来我那生病的朋友，照老习惯给他按摩双脚和小腿。

出于同情，我真想帮朋友干这个枯燥烦人的活儿，可是我又实在讨厌干这种下贱的事儿。我无论如何不能想象自己怎么能干这个！

一回房间，我就帮我筋疲力尽的朋友铺床，以前都是他给我铺。有一天夜里，我起来给他揉腿，他却神经质地冲我大吼，两眼直冒火花！我再也不敢了！

一天晚上，我忙完副王交代的那点儿事，回到屋里。朋友已经睡着了，也许是假装睡着了，还拿被子盖住头。我惊讶地发现，墙上的所有画片都被撕下来了，有的扔在地上，有的扔到门外。更令我惊讶的是，我那些少得可怜的家什——被褥、彩色小木箱被堆在门口！看样子他是要我离开他，离开这个属于他的小屋，离开他的世界。

那盏昏暗的小罩子灯照旧透着昏暗的光，我心情沉重地坐在那儿想，这个曾几何时还是美男子杜维达尔的病号，如今出了什么事？竟伤害了我们之间的亲密友谊？

他本来可以直接告诉我，让我离开这儿，另找个住处。其实副王府里或是偏房里有数不清的屋子，肯定可以找到比这儿更宽敞的房间。我有一次在莎丽法·哈芙萨的房子里，就挑中了一个有四扇窗的铺设好了的单独的屋子，厕所也很近。可我还是决定留下来和他一起住，因为我喜欢他，我觉得他也喜欢我。

真想不出来他已经病成这样，还能出什么事？一阵激烈的思想斗争后，我对自己说，在他病重的时候离开他太不仗义，尽管是他想这样，那也不行。

我走过去一看，他把被子捂得很严，看样子气都喘不过来。我了解他，冬天再冷，夏天蚊子再咬，他也从不捂着脸睡。我伸出右手，又犹豫地缩了回来,我不知道该把手放在他身上哪个地方?于是我决定先叫他,可是他不回答。我听到他的呼吸声,虽然不很清楚,但我知道他没睡着。我扶住他的肩膀,问:"你今儿晚上这是怎么了?"

他没理我。我又问了几声,一边摇了他几下,他的声音从被子底下断断续续地透出来:"我想睡觉。"

"是我吵醒你的?"

他又不理我,而且把身子转向墙那边。我听出他在强忍着抽泣。

我忍不住把他的身子翻过来冲着自己,想知道到底发生了什么事,可他使劲儿抵抗。我还是没放弃,无意中我的手滑到他的脸上,没想到他满脸都是眼泪!我猛地抽回了双手,惊呆了。真是个难熬的夜晚!我凑过去说:"好哥们儿,好兄弟,这世上我唯一的同事!"

他还不理我。可我一个劲儿重复,他终于回了一句:"别管我了。"

"我听你的,卷铺盖走人?"

"你有你的自由。"

"我哪儿有什么自由?自打我认识了关人质的城堡,认识了咱主子的大宅,认识了莎丽法·哈芙萨的房子,我就没了自由!"

他没作声,可我偏要问个究竟,其实我心里已经决定离开这儿了。他说:"你是自由的,别管我了,我是个病号。"

"让我不放心的就是你的病。"

"你别操心了!"

顿了一会儿,我说:"要不我今晚先找个地方睡,等你心情好点儿、不这么固执了再说?"

"你说的那些乱七八糟的事儿,让我怎么心情好?"

我没有马上答他,停顿了一会儿,控制了一下自己的情绪,然后问他:"那你到底什么主意?"

"我是个病人,想彻底舒服!"

"求你了,你明着说好不好?"

"……求你另找个地方住,我不会再用病来烦你。"

"难道我抱怨过吗?"

"也许你一直忍着。"

"你不是一直在容忍着我吗?"

"你尽说好听的。"

"我说的是实话,真的。"

"我求你,别管我了!"

"你病成这样,我不管你?"

"对,如果你让我一个人待在这里,我会更轻松。"

"可从今儿开始,不会再有女人来烦咱们了①。"

"这纯粹是废话!这会儿你和副王都信以为真,就跟我和副王几年前曾信以为真一样,可实际上尽管如此,我直到现在不还是在做那事?或者你根本没看出来?"

"看出什么?"

"我比你年龄大!"

"我没发现。"

"现在知道了吧,我比你大。我成人以后,也想洗手不干了,可很遗憾,尽管我不愿意,却还在继续干着,直到现在,像个傻小子似的。"

没什么可说的了。我收拾起东西,走到大院里,想了想这么晚我该去哪儿?不由自主,我来到号手的岗楼,他还没睡,在围墙上他那间岗楼外边儿正吹口哨,那是我们家乡收粮食时唱的小曲儿。

号手热情备至地接待了我,就像接待一个老朋友。我不知道自己为什么偏偏到他这儿来,尽管我也知道别人都在议论他,说他孤僻,

---

① 我的这句话是指自己已长大成人,不会再有女人接近自己,那么"美男子杜维达尔"和自己住在一起,女人们也不会来这个房间找他了。

不管什么大人物，他都不爱搭理。号手在圆形岗楼里最好的位置替我铺好铺位。号手是个爱整洁的规矩人，于是乎，我把他辟给我的那块地方收拾得井井有条，比他自己的铺位还整洁。

那天夜里，我还在挂念朋友的情况，号手则给我讲起了他的往事："你听说过撤退之战吗？"

"听我爸说过，他参加了，当时他还是个孩子，是和我爷爷一起去的，我爷爷总是骑着马。"

"那是在帖哈麦附近，他们用德国造的步枪袭击了我们。他们都是瓦哈比派和他们的支持者。我们是也门的穆塔瓦基利亚派和栽德派，我们用的是法国造的毛瑟枪和弹药。"

我爸也给我们讲过每个细节。号手老哥说："我们在帖哈麦吃了败仗，被扔进一条开往亚丁的小艇，停火以后我们才回到家乡。"

接着，他又讲开了他打胜仗的光荣历史，然后说："我是跟我们土耳其老师学的吹号，他当时年纪挺大了，打了败仗以后，就和其他一些土耳其人一起留了下来。我从此开始学习吹号。"

"好啊。"

"你好像心不在焉，想什么呢？"

他突然这么一问，吓了我一跳："没有啊！我听着呢。"

"你根本没听，你肯定有什么心思。"

"也许我走神了，对不起。"

"是莎丽法·哈芙萨吧？"

"你不提，我还想不起她呢。"

"那什么事儿让你这么心神不定的？"

"我朋友，杜维达尔。"

"美男子？"

"嗯。"

"真可怜，他是个好心人，可惜太天真了。"

"他病了，病得很厉害。"

"……我也挺不好受的。他把你赶出来，可不够仗义。"

"应该原谅他。其实我理应待在他身边，尤其是他病成这样的时候。"

"咱们去看看他吧，不知他怎么样了。"

"我刚才就想说这个来着，又怕你为难。"

我和号手老哥一起去看望了我的杜维达尔朋友——在小屋里生病的美男子杜维达尔。他还是那样躺着！好像自我离开后他就没出过屋……面前的饭一点儿没动过。屋里的气味特难闻，我打开了那扇小窗，我原来特爱在漆黑的夜里看这里的微光。我朋友醒了，也感觉到我们来了，可是他一句话也没说，我觉得他连说话的力气也没有了。

我和号手走出了房间，此时我已经打定主意要搬回来住。于是，我把行李从号手那里搬回了小屋，又回来住了。

我把自己的那块地方像以往那样收拾停当，我不知道自己哪儿来的这么大的承受力！我和他聊起了家常；他渐渐舒展开那紧锁的眉头，开口说话了，就好像我们之间什么都没发生过。我强迫他吃了点儿堆在面前的东西，给他揉了揉冰凉的双脚，整理了一下枕头，还领他去一趟厕所。自我走后，他一直没去过！

他两只眼睛终于有了活力，似乎生命又回到他身上。虽然他表面上仍尽力保持着矜持，但看得出，我回到他身边他确实很高兴。

可是，尽管发生了这一切，莎丽法·哈芙萨的影子却一刻不曾离开我！她那沙哑的嗓音，无论白天还是梦里，总在我耳际回响，要我做个男人！

我背上被她用石块儿击伤的那个部位，正好是脊梁骨，一阵阵的疼，很疼、很疼。我想象着她如何哭着向她哥哥副王替我求情，那哭声点燃了我心中的爱情之火。

可这并不影响我对朋友无微不至的关怀、照顾，虽然我每个下午、晚上在副王卡特厅的工作变得越来越累人了。副王的每次会客都笼罩着不安的情绪，似乎每个到这儿来的人都预感要出事儿。

我朋友的病一天比一天厉害，他只能躺在床上不动。可号手老哥——撤退战役的英雄之一，还在高谈阔论，嚷嚷着要冲向敌人，吹嘘那从没实现的所谓胜利。

老炮手，脑袋被名叫"番红花"的骡子踢了个洞，总也愈合不了的老炮手还在那里哼唧着老掉牙的什么民歌。

而我，脑袋里挥之不去的总是那首兵营的老曲调：

杜维达尔呀！
你娘思念你，
天天泪如雨！

我想起我妈，那时候她生怕我被抓走当人质，带着我在甘蔗地、玉米地躲避那些御前侍卫和赛义夫·伊斯兰王储的卫兵的抓捕，可最终我还是被他们从她怀里抢走了。他们那份凶神恶煞的模样，我可怜的妈一辈子也没见识过。我被迫骑在马背上——我爸的、我们全家的马背上，被押进了城。

有一天，我不知怎么突然碰到了她①！我竟然全身发抖，活像得了热病！脑门上全是汗水，口干舌燥！我假装镇定，想溜走，却被她拦住："主啊！我还以为你走了呢！"

"我想走。"

---

① 她，这里指莎丽法·哈芙萨。

"去哪儿?"

"回老家。"

"怎么可能? 我知道人质不可能回老家，除非有人顶替他。"

我没回答。她又说："你是重要人质，在副王霸占你以前，你是我的杜维达尔！"

"副王命令我留在他左右。"

"还说你已经成人了，成了一个男人了，是吧?"

"你以前也说过。"

"有这么跟主子说话的吗?"

我没吭气。她又说："你从一个美男子杜维达尔荣升成一个听喝的勤杂工啦！每天刷痰盂儿，拾掇烟壶，扫地，也许还干点儿别的什么吧?"

我还是没作声。她还在说："这就是你所谓的进步人生?"

她辛辣的讽刺，使我肝肠撕裂，我一个箭步冲到大门口；躲开了她，活像是她赶我走似的。我使劲忍着、忍着，浑身一阵阵痉挛，生怕当着号手老哥的面爆发。号手怜惜地摇着我的肩膀，问："你怎么了，傻孩子?"

我不回答，他用力扳过我的脸，冲着他，说："娘娘腔儿①！"

我想起了我妈，想起了兵营的老调——

　　杜维达尔呀！
　　你娘思念你，
　　天天泪如雨！

---

① 这里原文直译为：你母亲的儿子（下文"我"想起自己母亲的情节源出于此）。但实际运用中，"你母亲的儿子"是形容对方娘娘腔，女气的意思。

良久，我才控制住自己的情绪。

号手问我："你怎么了？"

"没……没怎么。"

"那是怎么回事儿？"

"没事儿。"

"还说没事儿，哭得跟娇气包似的。"

"我没哭，我哪儿哭啦？"

"对安拉发誓：如果你不说你怎么了……"

他的话没说完，我也没接茬儿。他想了一会儿，问："又是莎丽法·哈芙萨吧？"

我点点头。他一字一顿地说："我可怜的人质老弟！要么你为爱她而死，要么带着对她的爱出走。"

"我要走。"

"小可怜儿，你都干了些什么？"

"没干什么。"

"那她说你什么了？"

"几句话，就几句话。"

"特损的话？"

我又点了点头。

"……是不是说你成了副王的仆人？"

我照旧点了点头。

"还说你是个傻孩子、胆小鬼，永远成不了真正的男人？"

我没吭气，他又慈爱地问："你真的喜欢她？"

我犹豫了一下，他便说："造孽呀，大难临头了呀！"

我突然有了勇气，问道："爱就是灾难吗？"

"没错，就是大灾大难。尤其是和莎丽法·哈芙萨相爱更是！"

这一夜，我给我朋友一切都收拾停当后，睡在他身旁。可我一夜没睡好。我又抽了烟，想忘掉莎丽法·哈芙萨。但直到第二天天亮，莎丽法·哈芙萨一刻也没离开过我的脑海！她现在干什么呢？是躺在那张柔软的床上吗？贴身的半透明的睡衣下突出着她柔美的女性线条吗？她那沙哑的嗓音像是扭动的蛇一样在我耳边咝咝作响！

我没注意朋友那厉害的咳嗽渐渐平静下来，我只顾一杯又一杯地喝，一根接一根地抽，抽他的那种烟。我好像到了另一个世界，恍惚中决定去莎丽法·哈芙萨的家。我又喝了一杯，当真走到了大院里，朝着她的房子走去。我敲了敲门，一个女仆开了门，因为她认识我，所以转身上了台阶，朝她房间径直走去。我站在那儿犹豫了一会儿，我这么晚来找她，怎么解释呢？

她已经听见敲门声了，正准备问是谁这么晚了还叫门。我拔脚往回走，却突然听见她问女仆是谁，女仆回答是人质。

我感觉到脖子后面扑来她的气息，她说："难得啊，副王的仆人？"

我没回答，我已经为自己荒唐的举动后悔了，她转到我面前，正对着我，说："副王主子的仆人阁下找我有何贵干？"

"没事儿。"我不得不吐了几个字。

"没事儿？"

"嗯。"

"那你怎么解释你现在出现在我家里？"

"我有个东西落在这儿了，我想找找。也许我记错了，是在别的地方。"

"奇怪，很重要吗？"

"刚才觉得很重要。"

"奇怪，如果不重要……你会等到天亮和女仆们一起找的。"

"对不起，主子，打扰了。但愿没搅了您的美梦。"

"真懂礼数！太懂礼数了！可是你找的东西是不是在我哪个女仆那儿啊？"

"不是。"

"你喜欢她们中的哪个呀？"

我怒火万丈，想一走了之，可她一把抓住我的肩膀，把我往她跟前使劲一拽，两个人的身子一下子贴在了一起。她喘着粗气，使劲吻我，我几乎不能自持。她又突然拽着我跑进她最喜欢的那个地方，锁上门，搂住我的脖子，又是一阵亲吻。我就像铁匠炉里的一块金属，被熔化了。

我享受着与她甜蜜的亲吻，双手抚摩着她柔软的肌肤，这是我梦寐以求的啊！在如此甜美中，我拥着她静静地睡着了，直到听见公鸡打鸣儿。

我一下子惊醒了，旁边，我生病的朋友问我怎么了，哪儿不舒服。我走到小窗口，想看见哪怕一丝光亮，黎明的曙光已经微微露出。朋友问："你怎么了？病了？"

"没有，哪能啊！你怎么样？"

"我还是那样儿，可我挺担心你的。"

"我有什么不正常吗？"

"你睡得可不好啊！"

那些日子，我早上起得比较晚，因为我的活儿都是从下午开始，一直到半夜。

我朋友——美男子杜维达尔的病一天重似一天，瘦得只剩下一副骨头架子，脸色苍白，很少出屋。我每次都要强迫他吃点儿东西，看上去，他非常忧郁，非常痛苦。副王府里的人很少来看望他，更让他伤心。有一次，他对我抱怨说："谁也不来看我！"

我愧疚地对他说："他们都很忙，你的病又没什么。"

他长叹了一口气，什么也没说。我顿了顿又说："你病重的时候，好多人来看你了，你不记得了。"

如今有了副王的决定，我只在他左右服侍，打扫收拾望楼卡特厅，再也不能去女人扎堆的地方了。每当我依偎在那扇小窗前，一股思念之情就涌遍周身。灰色的小麻雀在窗沿上跳来跳去，让我如此想你——我的避风港，我的温柔乡。

好久未曾听到你那沙哑迷人的嗓音了，那声音是多么美妙啊！我给你讲过我们充满神奇的故乡。就是在那儿，他们欺负我，害我成了人质，后来又成了你香闺中的杜维达尔，后来又成了你哥哥——尊敬的副王会客厅的一个仆人。可是，只要你那美妙的声音轻轻滑过，即刻便把残酷的打击转化成美妙的音乐。

我打开了那架木质留声机，放了些也门歌手的歌，比如昂太利、艾勒玛斯、顾图比等歌手的歌。这台机器总是很隐秘地使用，我是在打扫副王会客厅时打开的。

我当时的样子连自己都觉得很可笑。那些歌声和着三弦琴的伴奏声从黑色的圆形唱片中徐徐传出的时候，我几乎听呆了。我完全被这个发明创造迷住了。不是因为它传出的那些歌声，而是它传出的方式——木头盒子和黑唱片！

我把这个发明看成奇迹！以前我只听过我们家屋基下要草料吃的牛的费力的叫唤声！

当我打扫办公室的时候，就关掉留声机，等到卡特席①散了以后再听。我听听歌，听听三弦琴弹的乐曲，也许听听舞曲，可以听的东西有的是。

每当我依偎在我生病的朋友——美男子杜维达尔屋里那扇小窗前，思念之情就涌遍周身。不论鸽子咕咕唱还是麻雀喳喳叫，都让我

---

① 卡特席，嚼卡特的聚会。

想起你——我的避风港，我的温柔乡。唉，莎丽法，我的心上人啊，多长时间没有听见你那略带沙哑的美妙嗓音了？那是多么动听的声音啊！就在我给你讲过的我充满神奇的故乡，我被他们欺负，被他们凌辱，他们把我毁成人质，后来又成了你香闺里的杜维达尔，而你的美妙声音却让一切打击化成梦幻般优美的音乐！

我是那么想见莎丽法·哈芙萨，哪怕只是远远地望上一眼也好啊。我时不时故意在她门前耽搁一会儿，兴许能瞄见她出来；或者盯着她的窗户，没准儿会看见她的身影。

我常偷偷溜到她可能去的地方，事先还编造好各种一戳即破的口实，以防被问到为什么到那儿去。

有一天，我差点儿冒险去了一趟英俊的诗人家，他家比城里还远，挺危险的。原希望在里面能碰见她，或者碰见她刚出来，可是，我没去成。

我这辈子自觉自愿地做祷告，就是在认识并爱上莎丽法·哈芙萨以后。清真寺就在大门口，很小，很破旧，上边是个用沙子和石灰砌成的白色圆顶，我看它就像哪位先贤的坟墓。主领祷告的是脑袋被骡子"番红花"踢破的老炮手。

因为这座清真寺离副王府最近，所以副王自己出钱供清真寺的照明，用一盏大油灯照明，黑烟已经把白顶棚熏成黑的了。副王每月给被骡子"番红花"踢破头的老炮手一盖达哈[①]粮食，作为他在清真寺值班的酬劳。

只要深夜里有祷告的机会，不管是几点钟，我都要去祷告，跪拜几十次，祈求安拉治愈我对莎丽法·哈芙萨的相思病，保佑我忘掉她。我那时是多么虔诚地长跪不起呀，每次从清真寺出来，总是抱着希望，希望安拉能应答我真诚的祈求。我对此常常觉得挺不好意

---

① 盖达哈，计量单位，相当于 2.06 公升。

思的。可是我做的这一切到头来全是徒劳的，因为每次做完祈祷回来，总会第一眼就看见她的房子，甚至在她房前坐一会儿，渴望看见她的身影！

我不再祈祷了，因为没达到目的。我又回到从前的样子，想尽办法忘掉她，安拉啊！难道除了她，你就没再造出个别的什么人吗？

我开始更卖力气地在会客厅干活儿，照看我生病的朋友，找号手聊天，听他讲那吃了败仗的撤退之战，听当兵的那首老调子。可就这样，我还是忘不了她！

我还记得她对我说的那番话：我从一个杜维达尔沦为一个仆人，深更半夜刷痰盂儿，给水烟壶加火炭，打扫卡特厅。

那天夜里，我很晚才回到朋友的小屋，睡在窗前，烦恼、郁闷、对生活的厌烦弄得我心力交瘁。我听见朋友的咳嗽声中还带着以前没有过的呻吟，我爬起来看着他，他昏睡不醒，只有脑袋还在缓缓转动。身上冰凉，脸色苍白。

城里，也许是全国唯一一位外国大夫操着半生不熟的阿拉伯语说："不要紧张，就一片药，吃了，但愿就没事儿啦。"

我刚把朋友从大夫面前挪开，后者就一溜烟儿跑下了楼梯，去看他放在楼梯下的那些兔子。兔子粪的味道，使我想起我们农村的家，我使劲闻了闻，那气味很像我家的牛和羊的味道！

我给朋友学洋大夫那口半生不熟的阿拉伯语，想逗他高兴，但他只是礼貌地笑了一下而已。

我朋友的身体每况愈下，医生开的药一点儿都没用。我又带他去看了几次大夫，还是那半生不熟的阿拉伯语，还是那点儿药，因为他只有这种药。那天早上，我一个人的时候，试着哼哼家乡的小曲儿，没哼出来，试着吹口哨，也没吹成。

我不知道到底是什么弄得我没有任何兴致来迎接新的一天。

那天，会客厅里气氛非常紧张，副王一会儿出来，一会儿进去，十分不安。坐榻上的众宾客也一样坐立不安。

我明白，一定是出什么事了，或者马上就要出什么事，反正每个人都惊慌失措的。副王的一位亲信在确认在座的都是熟人后，问："萨那出什么事了？"

"国王被刺。"

"谁干的？"

"自由人党、宪政党。"

一阵沉默后，副王的亲信接着问："赛义夫离开城里了吗？"

"离开了。"

"怎么离开的？"

"不知道。"

"没给你带个口信？"

"他现在不信任任何人。"

副王和亲信的这番对话所有人都听到了，我也大吃一惊。

客人们一反常态早早都走了，副王也不知躲到哪个角落里去了。我也很早就回到小屋，把消息告诉了我朋友。他一下子从床上跃起来，问："国王被刺了？"

"我听他们说的。"

他一头倒下，有气无力地问："你能肯定这是真的吗？"

"我只是听他们说的。"

他又一次坐起身，问："王储赛义夫呢？他在哪儿？"

"已经出城了。"

他又倒下躺着，自言自语地说："他们失算了，应该先杀赛义夫，再杀国王。"

"你说什么？"

"没什么。"

"你没事吧?"

"还那样子。"

这个杜维达尔,我朋友,生重病的朋友,也许活不了多久的人,对形势居然比我知道得还多! 真奇怪! 还是回过头来想想我自己的事儿吧,我的麻烦比他多多了。

我在老地方躺下,思绪万千。国王在萨那被刺,王储逃跑了。我的家人呢? 有的流离失所,有的被关在大牢里,我是人质,杜维达尔,最后又成了仆人,这一切只是因为我父亲反对国王及其亲王们的政策。国王被杀了,被也门人杀了,这是最重要的。这回肯定是真的,真的。

骑在我们头上作威作福的王储赛义夫跑了,失望、伤心、失败地跑了。这无关紧要! 在我们也门的史册上,记载着也门人民是能够实践自己的一切意愿的,哪怕是盲目地实践。这也许算不上优点,但我觉得这是长处,因为靠这个,我们能结束暴君的统治,哪怕凭骆驼般的坚韧或仇恨。

这天,我早早地就把坐榻一一铺好,弄得副王很诧异。我没有显露出我对时局变化的真实情感,他也不曾问过我,他闭口不谈这回事儿。老奸巨猾的家伙! 可恶的家伙! 我服侍他这么长时间,发现他是个口是心非的人,我也就以其人之道,还治其人之身,尽管我本身很厌恶这一套。

我假装勤快,好借此再多探听点儿消息,可整个卡特厅鸦雀无声。我从中能觉察出那份惶恐不安,因为人人脸上都露着和我一样的不安神色,由此可以断定肯定出事了。

我破例地到处转悠,能去的地方我都去遍了,连莎丽法·哈芙萨的房子也不例外。

主啊！她关心不关心发生什么事了？还是她只关心她自己和诗人？或许还有我？

副王府门前拥来了许多许多人，大多是城郊周围的居民，副王辖区的老百姓和他的佃农，还有少数支持者。有些人不耐烦地扛着枪，有些人则拄着锄头，在副王府门前呼喊："大树！遮天蔽日的大树！明察秋毫的大树！安拉赐你甘露！"

各式各样的人，乱糟糟的，不着边际地瞎嚷嚷，一点儿也不协调；弄得副王很烦。其实是他派人召集些人来，为自己歌功颂德的。在发生如此重大事件之际，在这种严峻的局势面前，追随者众多是显示决心和强硬态度的需要。

局势的发展正中副王下怀：当时人们普遍认为，副王将出面控制局势，或自己称王，或扶持王储赛义夫，或支持自由人党。副王将计就计，利用这些互不相同的种种猜测，任凭它流传蔓延，他却舒舒服服地在一旁袖手旁观！

我对朋友说了这些，他说："副王？比国王更主张君主制！"

"我真傻！"

"你还是个孩子！"

"别人也这么说。"

"你是说莎丽法·哈芙萨？"

"号手也是。"

他突然大咳不止，我把他抱在怀里，他才慢慢平静下来，然后有气无力地说："号手？他就会编那个他吃了败仗的撤退之战的故事，纯粹是公鸡下蛋——无中生有！"

这跟我说的话题风马牛不相及，也许他是故意这么说给我听的。我说："我指的不是你想象的那些。"

"不管怎样，你以后会明白的。"

我没再说话，没告诉他其实号手也是这么说的，因为我感觉到他有点儿受伤。就着小窗外透过来的一丝丝微光，我们躺下了，没再说什么。他剧烈的咳嗽声很让我不安，我只有把他揽在怀里，他才能稍喘口气。

有一阵没听到来自她的迷人的嗓音了，多好听啊！就在我给她讲过的我充满神奇的故乡，他们冲进我们家，抢走了所有的东西，把我毁成人质、杜维达尔，而后是仆人。就在她的香闺里，在她哥哥的府邸里！但是她美妙的声音温柔地滑过，便把一切打击化成梦幻般优美的乐曲！

在大院里经过喷泉的路上，她突然拦住我。我像往常一样，等最后一位客人走后，打扫完会客厅，刚出来就碰上了她。

她嗲声嗲气地说："嘿！赞美安拉！好像咱俩互不相识似的！"

我极力掩饰自己的慌乱，没回答她。可她却走近我，抓住我的手说："看清楚！我是莎丽法·哈芙萨！"

"我知道是你。"

"你是人质！"

"……杜维达尔。"

"……美男子杜维达尔！"

"还有什么？"

"副王主子的仆人！刷……"

"刷脏痰盂，还……，还……"

"难道不是吗？"

"求安拉保佑！"

"我还以为你不承认呢。"

我不知道哪儿来的勇气让我就这样站在她面前，然后用从未有过的坚定和自尊越过她，朝大门口走去。

"你去哪儿?"

"我还有事儿"

"就这么走啦?!"

"你想干吗?"

"看看你!"

如此直截了当! 她又发火了,用那令我着迷的略带沙哑的嗓音嚷道:"你把我一个人扔下?"

我假装观察了一下四周,说:"你是在你自己家里呀。"

"什么意思?"

我一时没话说了,我知道要比讽刺,我可不是她的对手,我就激她:"只要你自己不乱来,别的没什么可怕的。"

"还有我爱的人。"

"瞎说。"

"你不承认?"

"当然。"

"你真的坚决否认?"

我没吭气儿。她极力控制着自己的情绪,猛地把我拽到角落里,硬把我按下坐在她旁边,用从未有过的讨饶的语气说:"求你救救我!"

她这番认真可怜的请求击倒了我。她的声音里流露出软弱,我从未见过她这副样子!

我安慰她说:"那谁来救我呀? 谁来救这个国家呀?"

"我只是我家骆驼的主人,我家自有主人保佑①。"

"什么意思?"

"咳!"

"怎么了?"

---

① 此句意为:管好自己的事就行了,国家大事自有人来管。

"你没看过书吗？历史书也没看过？"

"历史书？我一页也没读过呀！我爸那时候老给我们念这些书。"

她本来眼泪汪汪的，一听我说，破涕为笑，一把把我揽在怀里。我顺从地把头埋在她那成熟的、充满女性慈爱和欲望的双乳之间。她轻轻抬起我的头，问："你来把我救出去，好不好？"

她在微笑，可我则被她这番请求吓坏了。我迟疑了一会儿，仔细琢磨了一下她的请求，然后说："你要摆脱什么？"

"我现在的生活。"

她的回答干脆利落。我只好用农民式的辩术应答："住在山谷里的人总说，我要是住在山坡上就好了；而住在山坡上的人却总说，我要是住在山谷里就好了。"

"村里人的逻辑。无聊！"

"可是说得在理啊！"

她想了一会儿说："我和你在同一个地方，你说这是山谷还是山坡呢？"

"我怎么能和你比呢？你我的区别就像山谷和山坡的区别一样大！"

"我是副王的妹妹！而你是杜维达尔！人质！等等，等等……对吧？"

"这是其中一点。"

新国王——赛义夫亲王，前王储战胜了自由人党、宪政党的造反派们。老百姓们没看准。

副王府的正房和偏房全都燃起了火把，庆祝胜利。我坚决拒绝去做火把，可别人却一个个赶着去做。

我坐在我朋友的铺旁，伤心地一言不发，他则在那儿痛苦地呻吟。从小窗户望出去满院子大小屋顶都点起了火把，火光透进了我们这间昏暗的小屋。

赛义夫得胜回朝了，当了新国王。他在哈贾城砍了一批人头，我爸肯定是这些牺牲的人之一。赛义夫新国王、前王储得胜回朝，放任萨那城里一派烧杀抢掠……

我朋友睡了，我也躺下了。可他竟一睡不起了！他死了，无声无息地，周身冰冷，模样吓人！我强忍着没大叫出来。我原以为，如果他死了，我会发疯的，可是我却以无声的、静默的痛苦接受了这个现实。

我抱起他，亲自给他洗身。光着身子的他只剩一副骨头架子，蜡黄的皮肤下，高低不平的骨骼轮廓清晰可见。我用号手买来的白布将他裹好，用莎丽法·哈芙萨贡献的香水给他喷上，这香水非常昂贵，她只在重大场合才舍得用。我还在他尸体上摆放了一些香草和香花。

我四处寻找号手，盼着他能扒开我的双眼，让泪水流出来！可是他伤心过度，跑了，带着他的撤退败仗情结跑了！

我多希望他能守在这儿啊！他不是还买了裹尸布吗？多希望他能替我分担一点儿身心的疲惫呀！哪怕用他那个撤退之战的故事来排遣一下也好啊！

莎丽法·哈芙萨，这个我总是犹豫、不敢一头钻进她怀里倾诉哀肠的女人，亲自到了现场，带着忧伤，闻着尸首上发出的那特殊的昂贵的香水味道。脑袋破了的老炮手也来了。给朋友送葬的主要就是这几个人，那些和朋友有过风流韵事的女人们只是远远地观望着！

寥寥几个人的出殡队伍，扛着我朋友的木棺，走向城里的墓地。正好碰上一些别的送殡队伍，一遍又一遍地诵着清真言：

除安拉外，绝无应受崇拜的！除安拉外，绝无应受崇拜的！除安拉外，绝无应受崇拜的！穆罕默德是安拉的使者……

杜维达尔呀！

你娘思念你,
天天泪如雨!

人质呀!
你娘思念你,
天天泪如雨!

主啊,愿您满意!主啊,愿您满意!主啊,愿您满意!
主啊,请您赐予我们您的满意!主啊,愿您满意!
您无所不能,为我们把大门开启!

城门处很拥挤,我一边用力往前挤,脑子里一边浮想着这些唱段。尤其是得胜的新国王卫兵们的唱段更是记忆犹新:

豪班谷地请你延伸,
容我主公大炮排阵!

还有士兵们的呼喊:

主公阁下,您是星星,永照大地,
一声令下,我们出发,海滨杀敌,
我们衷心,愿主满意、国王满意!

老炮手已经挖好了一个小墓穴。我走在前边,脖子差点儿被压断了。尽管棺木和里边躺的人并不沉,但是因为花钱雇的人手少,我一直低头弯腰,扛着棺木前边部分,从副王府一直扛到墓地,累垮我了。路上倒是有些想挣钱的人帮了忙,但不解决我的问题。棺木一直有人扛着,出殡的一行人一直往前走。

汗水哗哗地流了我一脸,我的眼睛都模糊了。把棺木放在墓穴旁,我们按惯例诵读了《古兰经》雅辛章。

我突然瞥见莎丽法·哈芙萨和副王府里的其他一些女人坐在抹了白灰的坟堆上。我没敢多看她一眼。唯有安拉知道,我怎么一眼就认出她了,其实她和其他女人一样,穿着一模一样的黑袍子。

我们掩埋好了棺木,掩埋好了里面的人,在墓前立了石头,证明这里埋的是个男人,不是女人!我在墓地上种下一棵常青树,还浇了水。

莎丽法·哈芙萨抓住我的肩膀,说:"安拉会奖赏你的。"

我不知道此时此刻该怎么回答。我只记得当年在家乡的时候,出殡要唱些葬礼上唱的颂歌,然后诵读雅辛章、开端章而已。

她又说:"咱们回吗?"

"我想在这儿坐一会儿。"

"为什么呀?"

"我愿意!"

"你别生气,我们跟你一样难过。"

"不一样!"

"你别夸大你的感情!"

"这个副王府里,偏房里根本没有感情!"

她笑了,小声说:"你别这么犟,这么粗暴!"

"你什么意思?"

她拍拍我的肩膀,依旧平静地说:"没什么意思,我想说的是,咱们该回去休息了,把这个忘了吧。"

"把什么忘了?"

她终于把持不住，提高了嗓门儿："忘了他，忘了这个走了的人！过去了的就该让它过去！"

"我永远忘不了他。"

"我们也不会忘了他，但是，咱俩单独在这儿算怎么回事？"

我看了一下四周，其他人都不见了，只有她，站在跟前！墓地一片寂静，我们不由得打住了话头。莎丽法·哈芙萨坐下了，坐在一块石头上，我挨着她坐下。我知道，我们二人不可能想到一块儿去。我在盘算自己的事儿，从副王府为新国王点起胜利的火把那一刻起，我就开始盘算了。可她呢，她又在想什么？我对她说，我要待在墓地，一直到我想走的时候。她却说："快吃中饭了，副王会找你的。"

我把副王和副王府里的所有人数落了一番，可她却忍着怒气劝我："别生气了。"

"我没生气。"

"你是不是很难过，很伤心？"

"也许吧。"

又过了一阵，天色渐暗。她问："你是不是有什么打算？"

整个墓地悄无声息，令我激动、让我热爱的太阳就要落山了。但愿我们的整个生命就像这黄昏，我们可以像吸毒的人们一样，在黄昏般的梦幻中获得愉悦，像醉汉一样自由幻想，像咀嚼卡特的人们一样思维炽烈！

我回答她说："是的。"

"逃跑？"

"对。"

"不行！"

"为什么不行？"

过了一会她非常坚定地说："我不放你走！"

"这回我一定要逃走。"

"你走不成。"

我盯着她看了一会儿。她讥讽地说:"你有走的心,可没有走的力。"

"我决心已下。"

"我会用石头砸你,把你砸得遍体鳞伤。"

"哪怕你用炸弹,我也要走。"

又是一阵沉默。天完全黑了,墓地静得吓人。她问我:"你要去哪儿?"

"去火狱。"

"我心平气和地问你,你干吗发火?"

"我就这脾气。"

"才不是呢,你一向招人喜欢。"

"那是以前。"又是沉默。她越来越靠近我,比以往任何时候都近,我感到她丰满的、充满了世间所有女性美的身体把我紧紧包围,我浑身滚烫。她那可爱的小嘴,就在我眼前,对着我说话!两只眼睛直勾勾地盯着我,我根本无法和她对视。我躲闪着她的目光,连这种和她相对的姿势也承受不了,我不知道这是为什么,也许是害怕!

又过了一会儿,天已经漆黑一团,她掰过我的双肩,让我和她脸对着脸,决心已下似的说:"带我走吧。"

"……去哪儿?"

"火狱。"

"什么火狱?"

"你要去的火狱。"

我吃了一惊,她是认真的,下定了决心。她那沙哑的嗓音直沁心脾。我镇静了一下,回答她说:"主子……"

她大声打断我："别这么叫我！"

"亲爱的！"

"你得像个男子汉的样儿！然后再做决定！"

"你想让我做什么决定？"

"你爱我吗？"

"爱。"

"你相信我也爱你吗？"

"……也许吧，可我不敢相信。"

"我不是对你说过，要你做个男人吗？"

"以前我听你说这话，总觉得你只是说说而已。"

"现在我是认真的。"

"不对，我知道你爱谁，他才是你的理想爱人。"

"你又提什么理想不理想的。"

"这是事实，逃避不了的事实。"

"事实是你根本不明白！"

"事实是你总在幻想，从来没有爱！"

她克制着，过了一会又说："我说了，你带我走吧。"

"你说了有什么用？"

"你是胆小鬼！"

"那只是你的感觉。"

她强忍着，装作整理衣服，过了一会儿，才转过身来说："我不会放你走的。"

"不管你愿意不愿意，这回你必须放我走。"

她跳起来，抓起地上的石块砸我，但我撒腿跑开了，身后的石块儿大把大把向我扔过来，可我没停下脚步，越跑越远，虽然我心里充满了对她的怜惜……她大声喊叫着，我钟情的嗓音一直敲打着我的耳鼓……大山里的漆黑紧紧裹住我,这里通向荒芜的山谷,山谷通往未知的前程……

我以为还能听见她的声音,以为石头会砸到我的背上,但是,我已经在通往崭新未来的路上跑了很远、很远,把我心爱的嗓音抛在身后,把对已故朋友的回忆抛在身后,把号手、脑袋破了的老炮手和他那些唱着小调的当兵的伙伴们抛在身后……

人质呀!
你娘思念你,
天天泪如雨!

图书在版编目（CIP）数据

人质 /（也门）宰德·穆提厄·代马季著；齐明敏，丁淑红译. -- 北京：华文出版社，2018.3
　　ISBN 978-7-5075-4868-6

Ⅰ. ①人… Ⅱ. ①宰… ②齐… ③丁… Ⅲ. ①长篇小说 - 也门 - 现代 Ⅳ. ①I393.45

中国版本图书馆CIP数据核字（2018）第034653号

人　质

作　　者：	〔也门〕宰德·穆提厄·代马季
译　　者：	齐明敏　丁淑红
策　　划：	杨　平
责任编辑：	胡慧华　南　洋
特邀编辑：	王　芳　周嘉玲
出版发行：	华文出版社
社　　址：	北京市西城区广外大街305号8区2号楼
邮政编码：	100055
网　　址：	http://www.hwcbs.com.cn
电子信箱：	sinoculturepress@yahoo.com
电　　话：	总编室 010-58336239　　发行部 010-58336270
	责任编辑 010-58336197
经　　销：	新华书店
印　　刷：	北京画中画印刷有限公司
开　　本：	710×1000　1/16
印　　张：	6
字　　数：	45千字
版　　次：	2018年4月第1版
印　　次：	2018年4月第1次印刷
标准书号：	ISBN 978-7-5075-4868-6
定　　价：	28.00元

版权所有，侵权必究